Luz

y

Oscuridad

Melina Valdez

Editorial
EVA

LUZ Y OSCURIDAD

Índice

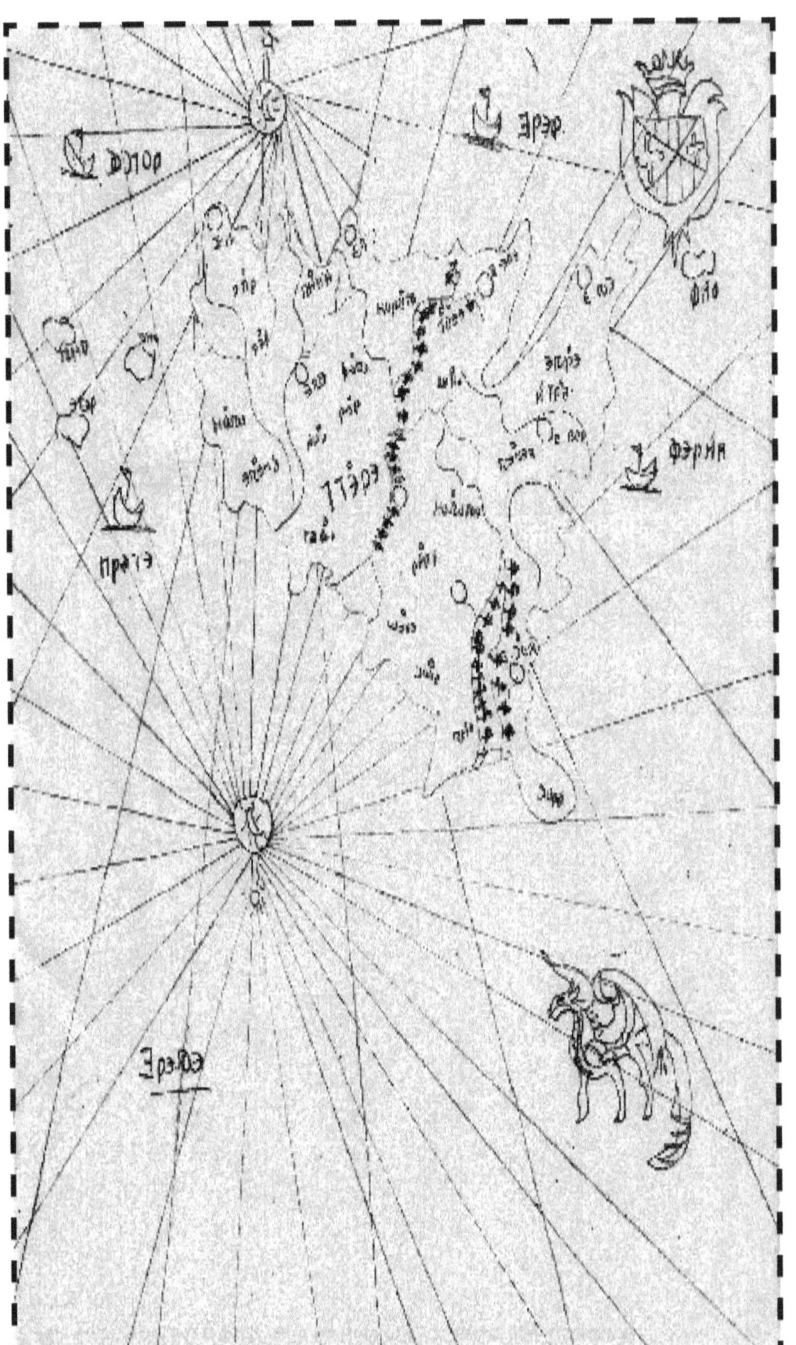

Cuenta la leyenda...

Todo comenzó en una de las escuelas de magia creada por los elfos. Allí asistía una joven aprendiz con una única meta: ser la hechicera más poderosa de todo Asumajikku.

Aunque claro, ese era un sueño prácticamente imposible, puesto que ningún humano jamás había podido superar las habilidades de los elfos, criaturas expertas en todo lo relacionado con la magia; sin embargo, aquella joven lo logró con algo que se creía desaparecido desde hacía ya bastantes años: magia negra.

Una pequeña probada, sólo eso bastó para que las llamas del mal la consumieran.

Aprovechó su poder para asesinar y destruir, pues así, alimentándose del dolor humano, podría volverse aún más poderosa; pero eso no le bastó. Ella quería más poder, más de lo que los demás jamás hubieran podido imaginar, así que decidió hacer un ritual. Asesinó a más de cincuenta dragones, y con su sangre logró convertirse en uno de los seres más poderosos que jamás existió.

Una fuerte oleada de destrucción fue la consecuencia de todo aquello. Con su nueva forma, la hechicera podía viajar a una velocidad increíble, por lo que era capaz de atacar tres pueblos en un solo día. Era imparable.

Los humanos echaron la culpa de esto a las criaturas mágicas, puesto que de no haber abierto ellos las escuelas de magia esto nunca hubiese pasado, y ante la tensión del momento, les declararon la guerra.

Elfos y demás criaturas mágicas aconsejaron unir fuerzas y derrotar a la hechicera en lugar de echarse las culpas entre ellos; sin embargo, los humanos no escucharon sus ideas, y pronto la famosa Guerra Contra las Bestias comenzó.

Durante tres largos años el reino fue inundado por la sangre y visitado millones de veces por La Muerte.

Los seres mágicos estuvieron a punto de vencer, pero el ejército de Caballeros Dorados y Damas Plateadas apareció, eran humanos e híbridos entrenados durante meses en la evasión de la magia.

Un año después los seres mágicos se vieron obligados a huir, aunque pudieron hacer una jugada más: con sus últimas fuerzas lograron tomar una de las ciudades más hermosas y grandes, una de las pocas que no habían sido afectadas por la guerra, allí construyeron un bosque tan tenebroso y peligroso que los humanos no consiguieron poner un pie adentro jamás.

Por alguna razón desconocida para los humanos, la hechicera causante de esa batalla desapareció días después de que la guerra acabara, por lo que en aquel momento muchos la dieron por muerta.

Pero ella seguía viva… Y regresaría más poderosa que nunca a calmar su sed de sangre y destrucción…

Aunque, por suerte, El Destino y La Muerte tenían un plan, uno en el que al fin aquel mal sería eliminado del mundo. Y, aún si debía haber algo de caos y sufrimiento, la espera valdría la pena (o eso pensaban Ellos).

Aquí quiero contarles cómo fue el inicio del caos...

&&&

El inicio

I

Sucedió una mañana que, aunque soleada, era bastante fresca.

Una Dalia de diez años se encaminaba hacia la casa de Nifta, llevando consigo un almuerzo envuelto en largas hojas que su madre había preparado especialmente para la herbolaria. Ella sabía que debía ir y regresar rápido, ya que su madre la esperaba para comer; sin embargo, se detuvo a medio camino. Algo llamó su atención.

Otra niña, quizá un par de años menor que ella, se encontraba al lado del camino, observando con detenimiento el árbol de manzano que estaba frente a ella. Dalia se acercó, curiosa, y pronto supo la razón: a varias ramas de altura, casi en la copa del árbol, había una hermosa manzana roja.

—¿Necesitas ayuda? —preguntó Dalia, sorprendiendo a la niña.

—No, sólo busco la mejor manera de bajar esa manzana, creo que puedo yo sola.

—¿Por qué no subes al árbol?

La otra niña no respondió, presionó sus labios y devolvió la mirada a la fruta.

Dalia suspiró, le dio el almuerzo a la niña para que lo sostuviera y comenzó a trepar el árbol con gran habilidad. Subió hasta una de las ramas altas, tomó la manzana y, sin miedo alguno, comenzó a descender. Cuando ya se hallaba en las ramas más bajas, se sentó sobre la que estaba más cercana a la otra niña y se dejó ir hacia atrás, quedando boca abajo y sosteniéndose con sus piernas, ofreciendo aquel rojo fruto a su acompañante.

—Es para ti —le dijo, con una dulce sonrisa.
—Pudiste haber caído —expresó secamente la niña, tomando la manzana.
—Pero no caí. Trepar árboles es fácil.

Dalia bajó de la rama aterrizando sobre sus pies.

—Soy Dalia, mucho gusto —se presentó, sonriendo ampliamente y esperando que la otra niña también sonriera.

Pero eso no pasó.

—Soy Sara. Gracias por la manzana.

Sara devolvió el almuerzo a Dalia y se dispuso a irse, pero Dalia la detuvo.
Cuando vio aquellos plateados ojos, Dalia se dio cuenta de algo. Algo que le dolió en lo más profundo del corazón: Sara estaba sola. Y no, el problema no era que estuviese sola. El problema era que se sentía sola.

—¿Quieres ser mi amiga?

A partir de ese día, muchas cosas cambiarían para Sara. Eso era lo que Dalia tenía pensado.

—Como quieras…

Y resultó que tenía razón.

&&&

II

«En un principio, estaba únicamente El Universo, se sentía solo, mas era incapaz de dar vida, por lo que se dedicaba a crear estrellas, planetas y galaxias para pasar el tiempo. Un día, sin que se lo esperara, la primera estrella que había creado, grande y tosca, explotó. Al principio no supo de qué se trataba, hasta que, entre los restos, divisó una criatura tan oscura como avasalladora: desde etonces la consideró su hija. La Muerte».

En ese momento, el cuentacuentos tomó un poco de polvo del saquito que colgaba de su cinturón y lo lanzó a la fogata, lo que provocó un aumento considerable en el tamaño del fuego. El humo que bailaba en el aire poco a poco fue tomando la forma de una mujer encapuchada, con su rostro oculto entre las sombras.

«El Universo celebró la idea de no estar solo nunca más, y aunque los poderes de su hija eran increíbles, se desanimó al darse cuenta de que Ella tampoco podía dar vida, sólo quitarla.

Pasaron algunos miles de años en los que El Universo y La Muerte se dedicaron a lo mismo, crear y destruir, y aunque se tenían el uno al otro también empezaron a aburrirse. Hasta que los tiempos pasaron y los restos de la primera estrella se unieron, creando otra pequeña estrella, de ahí nació El Destino.

Felices con aquel nuevo miembro y sus poderes de dar vida, El Universo creó un nuevo sistema solar, La Muerte escogió uno de los siete planetas y El Destino comenzó a moldear su primer ser vivo.

El ogro fue la primera criatura creada por Él. No era para nada agraciada y, aunque era fuerte, no era poderosa ni inteligente. Sin embargo, iba a ser el primer ser sobre aquel planeta, y eso les hizo felices en gran medida. Continuó con los enanos, minotauros y centauros, hasta crear todas las especies que ahora se pasean sobre Asumajikku.

Después de los humanos, vinieron las sirenas y, por último,

los elfos. Cada creación era más hermosa, poderosa e inteligente que la anterior. Y, aunque la belleza de los elfos y las sirenas era comparable, la habilidad de los elfos con la magia era inigualable.

El Destino pensó que ya había terminado y se dedicó a crear árboles, flores y animales sobre Asumajikku. Cuando iba a darle vida a todo aquello, se dio cuenta de que aún le quedaba material y energía para una criatura más.

Fue entonces cuando nacieron los dragones. Tan majestuosa como mortal, la primera dragona tocó tierra el último día de la creación, y su primer vuelo fue el que indicó el inicio de la vida en Asumajikku.

Desde entonces, El Destino se dedica a escribir un futuro a cada criatura, La Muerte se encarga de llevarse a los más viejos y débiles y El Universo se sienta a observar, entretenido con las acciones de cada uno de nosotros».

En el momento en el que el cuentacuentos terminó, el fuego se apagó de golpe, los últimos hilos de humo terminaron formando un sol, una luna menguante y una estrella. El símbolo de El Destino, La Muerte y El Universo, respectivamente.

El público aplaudió con entusiasmo, principalmente Sara y Dalia. Amaban las historias del cuentacuentos; pero era la primera vez que Dalia escuchaba la historia de la creación.

—No sabía que había un tercer dios —comentó, un poco avergonzada.

—Es normal, El Universo no tiene tanto poder sobre nosotros como sus hijos ni interfiere casi en nuestras vidas, por lo que no se le suele mencionar —respondió Sara, sin dejar de aplaudir—. Incluso en los libros, cuando se refieren a El Universo como él, este «él» está en minúscula, a diferencia de cuando se refieren a El Destino.

Dalia se sorprendió ante el conocimiento de Sara. Aunque

ya estaba acostumbrada a que ella pudiese responder a casi todas sus dudas.

—Ya es tarde —avisó Sara, levantándose del suelo—, será mejor que volvamos a casa o nuestras madres comenzarán a preocuparse.

Dalia asintió, le dio al cuentacuentos un par de monedas de plata como recompensa y corrió tras ella.

Esa noche, Sara había tenido un sueño intranquilo, horrible.

Su padre..., él aún estaba vivo... sufría, ¿cómo podía ser si ya llevaba tiempo muerto? Con sus pies encadenados y el cuerpo lleno de heridas y moretones, se encontraba en posición fetal en lo más oscuro de una cueva.

Escuchó pasos, su cuerpo comenzó a temblar. Estaba cerca, iban por él. Dos ojos rojizos se asomaron entre las sombras, fijándose en su desnutrido y débil padre, pero no lo estaban viendo a él.

Un escalofrío recorrió su cuerpo al darse cuenta de que, en realidad, la estaban viendo a ella. Cuando el monstruo abrió las grandes fauces para atacarla, Sara se incorporó de golpe.

Respiró rápido y con dificultad. Se llevó sus temblorosas manos al rostro y se dio cuenta de que, efectivamente, había estado sollozando.

Dobló las rodillas y comenzó a llorar desconsoladamente.

¿Qué iba a hacer? No podía dormir, pero si se mantenía despierta, tenía miedo de que aquellos ojos rubí aparecieran en la oscuridad de su habitación.

Desesperada, tomó aire y valor para colocarse los zapatos y salir corriendo de su casa. Agradeció vivir en un pueblo tan tranquilo donde incluso a esa hora era seguro salir afuera, sin dudarlo se dirigió a la casa de Dalia.

Al estar ahí, corrió al patio de atrás, donde pudo visualizar una de las ventanas del cuarto de su amiga. Pero ¿cómo pudo haberlo olvidado? La habitación de Dalia estaba en un segundo piso, ¿ahora cómo iba a llegar a ella?

Fue ahí cuando vio, aún en aquella oscuridad, una escalera de madera, la tomó y la colocó justo en dirección a aquella ventana. Exasperada y con miedo, tocó la ventana desesperadamente hasta que a través de las cortinas vio una vela encenderse.

—¿Sara? ¿Qué haces aquí? —preguntó Dalia, al abrir la ventana y encontrarse con el rostro de su amiga.

—¿Puedo quedarme un rato contigo?

Dalia frunció el ceño y estuvo a punto de preguntarle que a qué venía aquella locura a mitad de la noche, pero se detuvo al instante.

Dalia sintió una presión que le oprimía el corazón: tanto los ojos como el rostro de Sara emanaban una angustia terrible.

—Pasa —dijo con suavidad.

Una vez que su amiga estuvo adentro, Dalia cerró la ventana y se sentó sobre la cama.

—¿Una pesadilla? —preguntó, con tono casi maternal.

Sara arqueó las cejas y asintió con la cabeza, con los ojos brillantes por las lágrimas que amenazaban con salir.

Dalia sintió que estaba a punto de llorar ella también. Ver a Sara, su mejor amiga, aquella niña fría y pensativa en aquel estado le hacía sentir que el corazón se le iba a romper.

—Recuéstate conmigo un rato, yo te protegeré —le aseguró, mientras sonreía.

Sara no lo dudó ni un segundo y se acostó al lado de Dalia, acurrucándose junto a ella.

—Si quieres, hasta puedo dejar la ventana abierta todas las noches, así siempre podrás entrar sin preocuparte —agregó Dalia, a lo que Sara asintió efusivamente.

Antes de apagar la vela, Dalia observó detenidamente a su amiga. Para tener su misma edad, se veía más joven. Siempre había sido de cuerpo delgado y pequeño, lo que le daba esa apariencia tan tierna y aniñada, pero Dalia estaba bastante segura de que era mucho más fuerte de lo que parecía.

El fuego de la vela se apagó, dejando que la oscuridad consumiera aquella habitación. El miedo hubiese atacado a Sara de nuevo de no ser porque unas cálidas manos comenzaron a enredarse en su cabello y un pecho protector la acogió.

Aparte de sentir el calor de Dalia, de sentirse acompañada, en aquella posición Sara también podía apreciar el brillo de la gema color ámbar que colgaba del collar de su amiga.

Sara lo sentía, estaba llena de magia. Una magia tranquilizadora y protectora. Una magia de luz.

Y no sabía si se trataba de la gema o de la misma Dalia.

&&&

La planta de cruna

Ese día el bosque estaba silencioso, tranquilo, como cualquier otro día. La brisa movía las ramas de los árboles, haciéndolas hablar en forma de susurros. Las aves volaban elegantes, adornando el cielo, las mariposas revoloteaban sobre las flores, formando espirales en el aire. Sólo había una cosa que perturbaba esa calma, eran los veloces pasos de un pequeño venado perseguido por una joven humana.

El animal se movía con una agilidad impresionante, esquivando grandes raíces y troncos de árboles, mientras la chica lo seguía lanzándole flechas que fallaban una y otra vez.

—¡Vamos Dalia! —susurró la joven para sí misma—. Sé que puedes.

Las piernas de Dalia comenzaron a doler, llevaba ya mucho tiempo corriendo y empezaba a cansarse, por lo que su velocidad disminuyó.

Dalia hizo un último intento, pero el venado logró evadir hábilmente aquella flecha. El animal estuvo a punto de desaparecer de la vista de la joven; pero, cuando dio un pequeño salto para esquivar la raíz de un árbol, una afilada espada saltó de entre los árboles, atravesándole el cuello.

—¡Sara! —Dalia detuvo su paso y se apoyó sobre el tronco de un árbol para retomar el aire, un poco molesta—. ¡Te dije que podía hacerlo sola!

En ese instante, la otra chica apareció de entre los árboles, acercándose al venado y retirando la espada de aquel cuerpo inerte.

—Tuve que hacerlo —respondió Sara, sin quitar la vista del venado—, tu presa iba a escapar.

Dalia suspiró y se dirigió hacia su amiga, no muy contenta con aquel final.

—Al menos fue un buen tiro —comentó Dalia—. No sé cómo haces para sostener un arma tan pesada.

—Tus tiros también son buenos, Dalia, sólo debes practicar con el arco mientras estás en movimiento. Algún día cazarás algo tú sola, no te preocupes.

Dalia esbozó una sutil sonrisa y ayudó a Sara con el venado muerto, llevándolo al claro donde tenían el campamento.

Una vez que el Sol hubo caído por completo y mientras la carne de venado se asaba lentamente, Sara y Dalia al fin tuvieron su primer descanso al lado de la fogata. Mientras los ojos de Sara estaban perdidos en la escarchada oscuridad del cielo, la mirada de Dalia se clavó en su compañera. A pesar de tener tan solo dieciséis años, Sara tenía una apariencia que, de alguna forma, la hacía ver como una mujer: sus cabellos eran largos, lacios y negros, le gustaba andarlos libres, su piel era casi pálida; sus ojos coquetos, de un precioso color plata, estaban acompañados por tupidas pestañas; sus labios eran rosados, igual que sus mejillas; y su cuerpo… era muy hermoso. Pero su voz era lo que más sorprendía a Dalia: era suave y profunda, parecía emanar cierta madurez.

Al lado de Sara, Dalia se sentía como una niña, a pesar de tener la misma edad: su cabello era rubio y ondulado; su piel trigueña; sus ojos eran grandes e infantiles, de un hermoso color celeste; sus labios eran finos y no tan rosados; y de su cuerpo, pues, podría decirse que sus caderas se habían hecho un poco

más anchas, pero nada más. Su voz…, era melodiosa, pero sentía que era la de una pequeña niña.

—No puedo creer que aún no la hayamos encontrado —musitó Sara, suspirando—. Ya llevamos tres días aquí.

—Es obvio que no sería fácil encontrar esta planta —Dalia entrelazó ambas manos tras la cabeza y se acostó sobre el césped—. ¿Recuerdas qué fue lo primero que nos dijeron antes de venir aquí?

—«La planta de cruna crece con muy poca frecuencia en la parte este del bosque, sería casi un milagro si logran encontrar una» —recitó Sara—. No es algo muy agradable de recordar, ¿no crees?

—Sé que no, pero hay muchas vidas que están en nuestras manos, no debemos rendirnos.

Sara llevó la mirada hacia Dalia y luego bajó la cabeza.

—Si en tres días no volvemos con la planta ya no habrá nada que podamos hacer, hay que tener eso en cuenta.

Al escuchar esto, el rostro de Dalia se ensombreció. Les quedaba tan poco tiempo.

—Pero encontraremos la planta —agregó Sara, al notar la expresión de su amiga—, te lo prometo.

Dalia asintió y cerró los ojos, grabando aquello en su cabeza.

Hacía escasos tres días, el pueblo de Humatsu había sido azotado por una extraña enfermedad que poco a poco robaba sus vidas. Había afectado a muchas personas, todas sin siquiera poder levantarse de las camas, ninguna que soportara más de tres minutos la comida en el estómago antes de devolverla.

Nifta, la herbolaria del pueblo, había tratado de hacer toda clase de medicamentos y tés para que se recuperaran, pero

pronto se dio cuenta de que sólo había una cura: una planta que rara vez crecía en los bosques que rodeaban Humatsu, la planta de cruna.

Dalia inmediatamente se ofreció como voluntaria para buscar la cura. Sara, por supuesto, jamás iba a dejar que su mejor amiga se quedara en el bosque sola, así que se decidió por acompañarla. Ellas dos fueron las únicas voluntarias.

Y allí estaban ellas, descansando bajo el cielo estrellado tras otro día de búsqueda fallida.

La brisa nocturna sopló fuerte, haciendo que Dalia tuviera que abrazarse a sí misma para conservar algo de calor. Sara, al notar esto, se levantó de donde estaba, tomó la única manta que habían podido llevar al bosque y la colocó cuidadosamente alrededor de ella.

—Te lo prometo —le susurró Sara, mientras la envolvía de forma cariñosa.

Dalia sonrió, dejando que el calor de la manta inundara su cuerpo.

—¿Tú no tienes frío? —preguntó Dalia, viendo cómo la fría brisa revolvía los lacios cabellos de Sara.

—Sabes perfectamente que siempre he amado el frío nocturno —Sara se levantó, tomó su mortal espada y se sentó sobre una roca cercana—. Yo haré guardia hoy, tú descansa.

—Aún no tengo sueño —dijo Dalia, imitando a una niña que aún no quiere acostarse.

Sara no respondió, dejó que sus cabellos se deslizaran libres por su espalda y levantó la vista para observar la Luna.

Dalia se quedó mirándola por un rato. Allá, sentada sobre aquella roca, con su espada en el regazo y el viento acariciándola… Había cambiado tanto…

—¿Sabes? Tu gema brilla más fuerte de noche —comentó Dalia, rompiendo el silencio.

—¿De verdad?

Sara bajó la cabeza y observó su collar: una fina cadena de oro con una brillante gema en forma de media luna de color azul. Era un artefacto muy caro y único como para que ella lo tuviera, pero había sido un regalo, era suyo por derecho.

A Dalia también le habían regalado un collar parecido, aunque en lugar de una media luna su gema tenía forma de un sol color ámbar.

—No me había dado cuenta —añadió Sara, al ver que las palabras de su compañera eran ciertas.

Dalia se encogió de hombros y bostezó, sintiendo sus párpados volverse cada vez más pesados.

—Ya iré a dormir, cuando tengas sueño me despiertas y haré guardia.

Sara asintió sin siquiera voltear a verla y pronto Dalia cayó en un pesado sueño.

Cuando abrió los ojos de nuevo, Sara aún estaba despierta. Seguía sobre la roca, afilando su espada.

—¿Dormiste al menos un poco? —preguntó Dalia, amarrando su ondulado cabello en su típica coleta alta.

—No tuve la necesidad, y, aunque la hubiese tenido, no hubiese bajado la guardia ni por un momento. Sabes que en el bosque hay criaturas peligrosas y no soportaría si algo llegara a pasarte.

Dalia sonrió dulcemente.

—Prepararé el desayuno.

—Debes apresurarte —Sara dejó su espada de lado y bajó de la roca—. Hoy, apenas el Sol toque la montaña más alta, debemos volver al campamento y preparar todo para el regreso.

—Pero… —Dalia dudó un poco—, ¿y si no encontramos la planta?

—La encontraremos, sé que será así.

En realidad, cuando Sara dijo eso, estaba tan increíblemente convencida de que así sería que, justo en el momento en el que el Sol tocó la montaña más alta, se llevó una enorme decepción. No habían encontrado nada…

Habían recorrido una gran parte del bosque escudriñando minuciosamente cada rincón, pero todo fue en vano.

—¿Seguimos buscando? —preguntó Dalia, observando el cielo.

Sara apartó la mirada y bajó la cabeza.

—No. Sólo… volvamos a Humatsu.

Dalia presionó los labios y clavó su mirada en Sara.

—De acuerdo…

Sara estaba mal, terriblemente mal. Por aquella gente enferma, por los niños que probablemente se quedarían sin padres, por los padres que se quedarían sin hijos, y por esos cultivos y granjas que posiblemente quedarían abandonados.

—Te lo prometí —susurró Sara, mientras caminaba entre los árboles—. Lo siento…

—Aún hay tiempo, podemos seguir buscando.

Sara bajó la mirada.

—¿Te rendirás tan fácilmente?

—No me he rendido, soy realista, Dalia. Nos tomará un día y medio regresar a Humatsu y aún debemos empacar todo lo del campamento, ya no hay tiempo.

Dalia suspiró, y por largos segundos contempló el sonido de aquellas ramitas que se quebraban bajo sus pies.

—Debimos haber traído caballos —murmuró.

—Los caballos no hubiesen podido subir hasta aquí —le recordó Sara.

—Un hipogrifo hubiese sido de gran ayuda —dijo Dalia—, lástima que no los vendan en el pueblo.

Sara se encogió de hombros. En realidad, no le importaba continuar con aquella conversación.

—En algunas semanas vienen los mercantes —agregó—, puede ser que alguno de ellos venda huevos de hipogrifo.

Dalia sabía que Sara no iba a responder, pero al menos debía intentar decir algo. Haría cualquier cosa por distraerla, por hacer que olvidara al menos un minuto aquella situación. Porque, aunque no lo pareciera, Sara era increíblemente frágil.

—Puede que así sea —respondió Sara, con su típico tono neutro.

Dalia estuvo a punto de decir algo más; pero, justo en ese instante, vio a su amiga desenvainar rápidamente su espada y colocarla frente a ella cortándole el paso, haciendo que ésta se detuviera de golpe.

—¿Qué pasa? —preguntó Dalia, sorprendida.

Pero no hubo respuesta alguna. Sara se quedó en aquella posición, apretando fuertemente el mango de su espada y llevó un dedo índice a su boca indicándole a Dalia que callara.

Dalia frunció el ceño y, extrañada, intentó agudizar su oído para descubrir lo que Sara quería escuchar.

—…¿Hipogrifos?

Sara guardó su espada y con paso sigiloso siguió aquel sonido, que al parecer no la llevaría muy lejos de donde estaba.

Dalia iba tras ella, un poco insegura, con sus manos temblando ligeramente. Su corazón se aceleró al ver a lo lejos al menos unos quince hipogrifos.

Para suerte de ambas, aquellas no eran criaturas salvajes, sino hipogrifos ya domesticados, con sus monturas puestas y cuerdas sujetándolos a los árboles.

—¿Sabes lo que esto puede significar?

Sara se acercó a una de las monturas lentamente y acarició el plumaje de uno, comprobando que aquellos hipogrifos eran totalmente mansos.

—Con uno de ellos llegaríamos a Humatsu en menos de una hora, ¡ganaremos tiempo y podremos recorrer todo el lado este del bosque esta misma noche! Es una oportunidad…

—¿Pretendes robarlos? —preguntó Dalia, un poco molesta, mientras se acercaba a una de esas criaturas.

—No, sólo… —Sara suspiró—, tomaremos dos, sólo dos del montón que hay, y los devolveremos cuanto antes.

—¿Y tu miedo a las alturas?

—No debería tener miedo en un momento así.

Dalia acarició, un poco nerviosa, la cabeza de uno de los hipogrifos, y no muy convencida aceptó aquel plan.

Sara se apresuró a tomar la cuerda para desatar al animal del árbol. Como se le estaba haciendo imposible quitar aquel nudo y estaba realmente ansiosa por montar la criatura de una vez, desenvainó su espada con lentitud para no asustar al animal, que por suerte se mantuvo calmado todo el tiempo, y, a la hora de levantar la espada apuntando hacia la cuerda…

Bueno, la emoción de encontrar aquellas criaturas fue tanta que no consideró la posibilidad de que los dueños se encontraran cerca, ni tampoco pensó en qué clase de seres tendrían un grupo de hipogrifos como ese en medio del bosque; creyó que de verdad El Destino estaba de su lado… Y por supuesto que lo estaba…, pero no de la forma en que ella esperaba… una flecha voló en dirección a su brazo.

Por suerte, Sara fue capaz de quitarlo a tiempo. Tomó la espada con ambas manos preparándose para defenderse. Dalia agarró una flecha y tensó su arco, mientras buscaba entre la ligera oscuridad un objetivo para atacar.

Sara vio de reojo aquella flecha que había quedado clavada en el árbol. Era larga y delgada, como cualquier otra flecha, con la única diferencia de que tenía talladas algunas figuras en bajorrelieve, dibujos tan hermosos como innecesarios.

—Elfos… —avisó Sara, mientras un escalofrío recorría su cuerpo.

Veloces, ágiles, de las criaturas más inteligentes sobre Asumajikku, capaces de incendiar una ciudad entera con un sólo movimiento de manos… ¿Qué hacía un grupo de elfos en aquel bosque?

—¿Qué creen que hacen? —les preguntó una voz, suave y delicada, pero llena de antipatía.

Se escucharon arcos tensarse a su alrededor y pasos apresurados que parecían rodearlas. Los hipogrifos empezaron a ponerse nerviosos, pero no pasaron de soltar gruñidos de vez en cuando. Sara buscó acercarse tan lento como pudo a Dalia, quien apuntaba con su arco para todos lados intentando encontrar alguien a quién disparar.

—Sólo… pensamos que podrían sernos de ayuda… —La voz de Dalia se quebró—. Pensábamos devolverlos…

—¿En serio piensas que creeremos eso? —replicó la elfo—. ¿En serio pensaban que podrían tomar nuestros hipogrifos sin consecuencia alguna?

La joven Sara apretó con increíble fuerza el mango de su espada y sintió una lágrima de frustración querer salirse de sus ojos. Detrás de ella, Dalia ya había roto en llanto. Las manos le temblaban tan bruscamente que incluso sostener el arco se le dificultaba.

Para su suerte, las cosas cambiaron de un segundo a otro. Justo en ese momento el Sol terminó de ocultarse tras las verdes montañas, dejando atrás una fría oscuridad que hizo que el brillo de las gemas de ambas jóvenes fuese mucho más notorio.

—Esas son… —la sorpresa se notaba en aquella voz femenina—… las gemas… Son ellas…

Empezaron a escucharse los lentos pasos de alguien acercándose. Gracias al brillo de ambas gemas, se pudo distinguir en la oscuridad una figura entre los árboles, parecida a una sombra.

Dalia no supo por qué, no sabía bien qué estaba pensando o si el miedo la había obligado a hacerlo, pero disparó.

—¡Dalia no!

Sara vio la flecha volar velozmente hasta detenerse en el hombro de aquella figura.

—¡Corre!

Una lluvia de flechas comenzó a dirigirse hacia ambas chicas. En cuestión de segundos, Sara logró detener las flechas más cercanas con un movimiento de espada mientras Dalia corría a esconderse tras un grueso árbol.

Sara se apresuró a correr tras ella y se colocó a su lado. Dalia estaba en shock, mirando la nada. Estaban atrapadas.

—Dalia —Sara la tomó de las mejillas y chocó su frente suavemente contra la de ella—. No hay tiempo para esto, por favor corre.

Dalia se quedó mirando aquellos plateados orbes, al verlos tan llenos de seguridad, no lo pensó dos veces y comenzó a correr. Sara iba a ir tras ella, pero se detuvo al ver una peculiar planta entre las raíces del árbol.

Las mejores cosas, pensó, pueden suceder cuando de verdad una menos se lo espera.

Los elfos estaban dispuestos a seguir a aquellas que habían herido a su superiora, pero la dulce voz de ésta les detuvo:

—¡No! ¡Alto! —la elfo extrajo la flecha de su cuerpo y dio media vuelta, lista para continuar su camino—. Ellas no deben morir, no en nuestras manos.

Se escucharon las delgadas ramas rompiéndose bajo los pies de las chicas y los veloces pasos dejando eco en el bosque. La fuerte luz azulada que irradiaba la gema de media luna iluminó el camino delante de ellas, y, luego de correr por lo que les pareció horas, al fin llegaron a su campamento.

Dalia se dejó caer de rodillas, aún en shock, Sara trató de recuperar el aliento inhalando profundamente.

—Lo siento —susurró Dalia, sin quitar la vista de la hierba—. De verdad, lo siento.

Lágrimas de arrepentimiento le rodaban por las mejillas.

—No importa… tenías miedo —Sara quiso agacharse y consolar a Dalia, pero un dolor punzante no se lo permitió—. En vez de llorar mejor ayúdame con esto.

Dalia levantó la cabeza y, sorprendida, observó a Sara: tres detalladas flechas invadían su esbelto cuerpo. Una en la cintura, otra en el muslo derecho y la otra en el brazo izquierdo.

Dalia se apresuró a limpiarse las lágrimas y ayudó a Sara a encaminarse a la parte central del campamento. Una vez ahí, encendió una pequeña fogata, arrancó con cuidado cada una de las flechas de su amiga, limpió las horribles heridas y luego vendó las partes lastimadas. Mientras hacía todo esto, a Dalia se le ocurrió preguntar:

—¿Cómo pudiste correr con todas estas heridas?

—Cuando hay algo que realmente quieres no importa cuántas veces te hieran, sólo importa protegerlo.

Una dulce sonrisa iluminó el rostro de Dalia, pero pronto esta fue interrumpida por un pesado sentimiento de angustia.

—De verdad, lo siento—algunas lágrimas se asomaron por sus claros ojos—. Te hirieron, y fue mi culpa…

—Tranquila, Dalia, no llores. Estoy bien, pronto me recuperaré. Ahora preocúpate por descansar, debemos regresar a Humatsu lo más pronto posible.

—Pero… no pudimos tomar la planta.

Una fugaz sonrisa apareció en el rostro de Sara.

—No hables tan rápido.

Levantó su mano izquierda y abrió el puño que había mantenido cerrado todo el rato. Allí, había tres arrugadas hojas con un delgado borde rojo. Hojas de la planta de cruna.

—Nos vamos mañana a primera hora.

Para cuando el Sol al fin salió y el cielo se aclaró por completo, las chicas tenían una gran parte del camino recorrido. Debido a las heridas de Sara se habían visto obligadas a comenzar el regreso aún más temprano si querían llegar antes del anochecer.

Por suerte, esto no fue un retraso muy grave. Para el mediodía ya ambas podían ver Humatsu desde lo lejos.

—Tenemos ventaja de tiempo —avisó Dalia, observando la posición del Sol—, podemos descansar al menos treinta minutos.

—No, continuemos.

—Pero estás herida, si sigues…

—Cuando lleguemos tendré bastante tiempo para descansar.

Dalia observó a Sara caminar. Aunque cojeaba y sudaba su paso era firme. No muy convencida, suspiró, tomó algunas bayas de un arbusto y siguió a su compañera de viaje.

&&&

—Está cada vez más grave, no aguantará mucho tiempo —murmuró con dolor Nifta, la herbolaria, mientras colocaba un pañuelo húmedo en la frente del niño.

Los contenidos sollozos de la madre se escuchaban por toda

la habitación, dejando en el aire una pesada tristeza.

—Cúralo, Nifta —rogó la mujer—, cúralo por favor.
—Lo siento, no puedo hacer nada sin la planta de cruna…

La mujer asintió y se acercó a su hijo. Nifta suspiró, angustiada, y decidió abrir la ventana para que la brisa entrara.
A lo lejos, cerca de los campos de cultivo, justo donde el bosque comenzaba a aparecer, se podían distinguir dos esbeltas figuras: una joven de largos cabellos dorados y otra de brillantes cabellos negros.

—¡Son ellas! —exclamó Nifta, increíblemente aliviada.

La herbolaria bajó las escaleras, salió de su casa de madera y corrió al encuentro de las chicas.

—¿La tienen? —preguntó Nifta, cuando estuvo frente a ellas.

Sara extendió la mano con las hojas de cruna, Nifta las tomó susurrando un sincero "gracias" y corriendo volvió a su casa. Sara la observó alejarse y dejó que sus labios se curvaran en una dulce sonrisa. Lo habían logrado.

—Sara, ¿crees que puedas correr?
—En este instante creo que podría hacer cualquier cosa.

Dalia sonrió, tomó a Sara de la muñeca y la obligó a seguirle el paso hasta llegar a la casa de la herbolaria.

Nifta vivía en un lugar apartado de Humatsu, cerca de los campos de cultivo. Su casa era bastante grande y hermosa, aunque los cientos de plantas que tenía sembradas por todas partes le daban un aspecto terrorífico al lugar.

Cuando Sara y Dalia entraron, encontraron a una apresurada Nifta en la cocina preparando té con diferentes hojas; entre ellas, hojas de cruna.

—¿Te ayudamos en algo?

—Sí. Dalia, tú lleva esto a la habitación de Konan. Sara… —por unos segundos, Nifta se detuvo a observar las vendas manchadas con carmesí que la envolvían—. Tú sube, te atiendo en un momento.

Y diciendo esto, la herbolaria subió las escaleras con el té en las manos.

Ambas chicas siguieron a Nifta hasta la habitación donde estaba el niño. El aire era denso y caliente, con un pequeño toque de angustia y preocupación. Dalia cambió el pañuelo de la frente de Konan y limpió su sudor, mientras, Sara buscó un lugar donde sentarse.

Ahí, quieta y callada, la joven de cabello oscuro observó cómo Nifta obligaba al débil cuerpo del niño a beber el té, cómo Dalia sostenía al crío y cómo la madre de Konan miraba llena de esperanza aquel proceso, hasta que, luego de una larga espera, Konan comenzó a abrir los ojos lentamente.

—¿Konan? —La mujer se acercó a su hijo y comenzó a acariciar su cabello y mejillas desesperadamente—. Mi pequeño…

El niño se incorporó muy lentamente y abrió por completo sus grandes ojos.

—¿Mamá…?

La mujer estalló en un fuerte llanto de felicidad y abrazó a su hijo, dando gracias a las tres mujeres que le acompañaban.

—¿Sara…? ¿Dalia…? —el niño colocó sus cansados ojos

sobre ellas—. ¿Cuándo buscamos flores de nuevo?

Todas soltaron una sutil risa al escucharlo. Sara y Dalia se acercaron a la cama de Konan y cada una tomó una mano del niño.

—Cuando quieras, enano —respondió Dalia, con una dulce sonrisa—. No ha sido lo mismo sin ti.

Konan esbozó una débil sonrisa y abrazó a las dos chicas. Pero, en ese instante, una fuerte tos lo atacó.

—¿Qué pasa? — Preguntó Dalia, exaltada.
—Ay no… —Nifta maldijo entre dientes—. Será mejor que salgan.

La herbolaria corrió a tomar un pañuelo y lo colocó con cuidado sobre la boca del niño. Sangre comenzó a manchar la blanca tela del pañuelo y a brotar de su nariz y oídos.

—¿Qué está pasando? —preguntó asustada la madre.
—Creo que tuvo una reacción alérgica —respondió Nifta—. Yo me encargo de esto, por favor salgan.
—¡No! —Dalia se acercó al niño, preocupada—. Quiero ayudar.
—No es necesario.

Sara tomó a Dalia de la muñeca y quiso obligarla a salir de la habitación, pero ella se resistió.
La piel del niño empezó a palidecer, y la sangre comenzó a manchar las sábanas.

—¡Dalia, vamos!
—¡No!
—¡Dalia!

Sara tomó el brazo de Dalia y la obligó a ponerse en pie; sin embargo, ella se apartó con un brusco movimiento. Dalia observó a la madre de Konan, paralizada, llena de angustia, miró a Nifta, que parecía estar buscando una solución a aquello, y luego… a Konan, quien era un niño, un tierno niño con un gran futuro por delante.

Él no podía morir…, no ahora.

En ese instante, una fuerte luz color ámbar invadió la habitación. Dalia sintió que su energía se desvanecía poco a poco, y que la gema de su collar se calentaba levemente.

Los celestes orbes de Dalia comenzaron a fallar. Primero, su visión se volvió borrosa, luego, vio cómo el suelo se acercaba a ella en cámara lenta, y por último, oscuridad.

&&&

Espías, sueños y batallas

La brisa movió sus dorados cabellos, haciendo que bailaran en el aire. Las ramas de los árboles susurraron tristes secretos, y el césped se movió con elegancia saludando al viento. Su cabello comenzó a molestarle en la cara, así que lo amarró en su típica coleta alta. El cielo estaba despejado, manchado únicamente por algunas nubes blancas, pero mostrando más que nada un celeste parecido al de sus ojos. Aún se sentía débil, de vez en cuando le temblaban las piernas, y los brazos parecían no querer obedecerle. ¿Qué había pasado?

Konan se había recuperado, de hecho, todos los enfermos se habían curado y se veían mucho más saludables que antes, sin ni siquiera haber probado una gota de té de cruna. Dalia apartó la delgada cadena de su cuello y tomó la gema de sol entre sus dedos… Desde que había encontrado esa valiosa joya algunas cosas habían cambiado.

—¿Dalia? —La preocupada voz de Sara la sacó de sus pensamientos—. Sabía que te encontraría aquí. ¿Qué pasa? ¿Estás bien?

Dalia se quedó en silencio. La verdad, ella se hacía la misma pregunta. Sara se sentó a su lado, bajo la sombra que les proporcionaba un hermoso árbol de cerezo.

—Mira —Sara señaló los lugares donde anteriormente las flechas habían invadido su cuerpo—, las heridas desaparecieron el día que Konan se recuperó. Es como si nada hubiese pasado. No sé qué sucedió hace tres días, ni por qué tu gema comenzó a brillar así; pero tú estás bien, los pueblerinos están bien, yo estoy bien…

—Por mi culpa te dispararon —recordó Dalia.

—Tenías miedo. Todos llegamos a tener miedo en algún momento.

Sara colocó ambas manos detrás de su nuca y se acostó sobre el césped. Dalia dobló las rodillas y apoyó su barbilla sobre ellas, hundida en sus pensamientos.

—Tampoco has vuelto a ir a la academia de arquería —comentó Sara—. No quiero volver ahí.

Sara se incorporó de inmediato, sorprendida.

—¿¡Qué estás diciendo!? Mira a tu alrededor, Dalia, vivimos rodeadas de un bosque donde habitan seres salvajes, además, debemos aprender a defendernos de cualquier posible ataque; si no, seremos presa fácil para cualquiera. Es nuestra obligación asistir a la academia.

Hubo un leve silencio. Sara esperó a que sus palabras hiciesen algún efecto.

—Además —agregó—, eres de las mejores arqueras de Humatsu; deberías seguir practicando para convertirte en toda una experta. Serías una excelente guerrera.

Una mueca de inquietud invadió el infantil rostro de Dalia.

—No sirvo para las batallas, Sara. Cuando estuvimos en el bosque y los elfos nos rodearon tú te mantuviste firme, supiste qué hacer pero yo me quedé allí, paralizada, asustada… —Lágrimas humedecieron sus ojos—. A mí, ¿de qué me sirve ser buena arquera si a la hora de la verdad sólo puedo temblar…? No soy como tú…

En ese instante, Dalia estalló. Apoyó su frente sobre las rodillas y dejó que aquellas lágrimas escaparan de sus ojos. Sentía que estaba mal estallar así, tan de repente, pero ya no podía seguir fingiendo ser fuerte. Sara era perfecta, una gran espadachina que sabía qué hacer en los peores momentos, y, por si fuera poco, era verdaderamente hermosa, tanto su personalidad como su sonrisa, la que pocas veces mostraba, dejaba sin aliento a cualquiera. Pero en cambio ella… aunque podía ser una gran arquera, no era ingeniosa, no era valiente, ni tampoco tenía la suficiente seguridad en sí misma como para sentirse hermosa… Y, como si eso no fuese suficiente, siempre arruinaba algo. Había tratado de fingir que todo estaba bien, que eso no importaba, pero ya era demasiado dolor como para seguir sosteniendo esa máscara por más tiempo.

—Como yo, ¿eh? —La brisa sopló suavemente, alborotando los negros cabellos de Sara—. Mi vida no es perfecta, Dalia. Mi padre murió cuando tenía seis años y mi madre siempre ha estado trabajando para poder alimentarme, por eso me he visto obligada a madurar más rápido que tú. No soy tan sociable como tú, no tengo la misma energía ni tampoco soy tan alegre. ¡Deja de compararte conmigo!

Dalia inhaló, y, a pesar de sentir un horrible nudo en la garganta, preguntó:

—¿Crees que sea bueno ser como yo? —Debe de ser increíble poder ser como tú.

Dalia sonrió.

—¿Ves? Siempre sabes qué decir—. Por supuesto que sí. Ahora vamos, tus padres te están buscando.

&&&

Era de noche, el sonido de alguien tocando la puerta llamó la atención de Sara.

—Yo voy—Sara salió de la cocina y abrió la puerta principal—. Buenas noches.

—Buenas noches, Sara —saludó Alice, la madre de Dalia—. Pasa, mi madre y Nifta te están esperando en la mesa.

Alice entró a la casa e inmediatamente se dirigió al comedor. Allí, Natsu, la madre de Sara, y Nifta parecían mantener una íntima conversación.

—Al fin llegas —soltó Nifta, en un falso reproche.

—Lo lamento, tuve algunos inconvenientes.

—No te preocupes, a veces pasa. Hija, por favor, prepáranos un té.

Sara obedeció y colocó en el fuego una tetera con agua.

—Por cierto, Dalia está preparando galletas en casa, ¿no te gustaría ir a ayudarle?

Un extraño brillo de curiosidad cruzó por los ojos de Sara. Sabía perfectamente lo que eso significaba.

—Yo puedo encargarme del resto del té —ofreció Nifta.

—De acuerdo —respondió la joven, con una sutil sonrisa—. Regreso en un rato.

Sara dejó unas tazas frente a las mujeres y rápidamente se encaminó a la casa de Dalia. Avanzó las dos calles que las separaban y se detuvo frente a la puerta principal; aunque, antes de siquiera tocarla, ésta se abrió de golpe.

—¿Es lo que creo? —preguntó Dalia, saltando de la nada.

Sara asintió, sonriendo.

—¡Papá, voy a salir!—avisó inmediatamente Dalia antes de cerrar la puerta detrás de sí—. ¿Vamos?
—Vamos.

Sin pensarlo dos veces, Sara tomó el camino de regreso a su hogar, seguida por Dalia. Al llegar ahí, las chicas se escabulleron por el lado derecho del jardín, y, con cuidado de no hacer ruido alguno, caminaron hasta sentarse bajo una gran ventana que daba al comedor de la casa desde donde ambas podían escuchar claramente la conversación entre Natsu, Nifta y Alice. Estaba mal, bien lo sabían, escuchar conversaciones ajenas era toda una falta de respeto; pero, al mismo tiempo, era una manera de darse cuenta de las cosas importantes que pasaban, tanto en el pueblo como en el reino. Y era aún mejor cuando Nifta también participaba, ya que la maro parte del tiempo sacaba a la luz temas realmente interesantes, como cuando sacaba a colación los seres mágicos.

—Tienes razón —oyeron a Natsu decir—, aún recuerdo cuando ambas pasaban el día siguiendo mariposas y admirando nubes. Ahora tienen la capacidad de sostener un arma, viajar solas al bosque y de llamar la atención de cualquier muchacho existente.

Natsu mostró mayor aflicción por esto último, lo que causó gracia a las chicas.

—Aún no me adapto a este cambio —Alice suspiró—. Han crecido tan rápido…
—Es difícil, lo sé —dijo Nifta—, pero no es de eso de lo que

he venido a hablar.

Nifta sonó algo inquieta, esto Alice pareció notarlo pues, con mucha preocupación, preguntó:

—¿Qué pasa? —Hace poco recibí una visita de la Consejera de la Reina.
—¿¡Qué!? —exclamaron ambas madres al unísono.
—Es la tercera vez este mes —recordó Natsu.
—Usualmente viene una vez al año —susurró Dalia, basándose en conversaciones que años atrás habían podido escuchar.
—¿Qué será tan importante como para hacerla venir aquí tan seguido? —preguntó Sara, en un murmullo apenas audible.

Aquella, por supuesto, era una situación muy extraña. Según Nifta decía, la Consejera de la Reina entraba y salía del pueblo sin que nadie se diera cuenta, aunque nunca nadie había visto por Humatsu un carruaje real ni mucho menos, y, hasta donde Sara sabía, tal Consejera ni siqiera existía; sin embargo, a ambas muchachas se les hacía más difícil creer que Nifta mentía sobre algo tan importante, por lo que procuraban escuchar y tratar de comprender.

—Ya quieren llevárselas —informó Nifta—. Están impacientes, la Consejera no tiene un muy buen presentimiento, no está de acuerdo con seguir esperando.
—En su último cumpleaños nos dijiste que ella aceptaba esperar dos años más.
—Lo sé Alice, pero entre más rápido comiencen su entrenamiento y en cuanto…
—Ellas aún no están listas para un entrenamiento como ese —interrumpió Natsu, notablemente molesta.
—Han estado listas desde que cumplieron cinco años —respondió Nifta, con suavidad, como si no quisiera golpearla con sus palabras—. Ellas debieron irse desde aquel entonces, desde

que El Destino nos aseguró que…

—Que ellas eran las elegidas para morir cruelmente —la voz de Alice se quebró.

Silencio; hubo un corto y amargo silencio.

—Con cada conversación esto se pone más raro —comentó Sara, susurrando.

—Cada vez entiendo menos —murmuró Dalia, con una risita.

Ambas guardaron silencio, esperando que aquellas tres mujeres continuaran con la conversación.

—¡Aún son tan jóvenes! No creo que siquiera puedan pensar en lidiar con algo como… eso—incluso sin poder verla, Sara supo que su madre estaba a punto de sucumbir al llanto.

—Deben entender que fue para esto para lo que nacieron —Nifta suspiró y tomó otro sorbo de té—. Además, recuerden que poseen poderes increíbles, incluso mayores a los de los elfos.

—Lo sé, pero… me gustaría poder cambiar su destino…

—Nadie es capaz de cambiar el destino de nadie —recordó Alice.

—Trataré de convencer a la Consejera de que les den un poco más de tiempo —dijo Nifta, levantándose de su silla.

—Tenemos que irnos —murmuró Sara alarmada.

Dalia asintió y tan discretas como pudieron salieron de aquel jardín, sin poder escuchar algo que quizá les aclararía muchas cosas:

—Lo más que podrá darles serán seis meses —agregó la herbolaria—, así que deben habituarse a la idea, porque una vez que Sara y Dalia se vayan… ya no volverán…

Corrieron en dirección a la casa de Dalia, aunque no llegaron ni a medio camino cuando se detuvieron. No necesitaban alejarse tanto para no ser descubiertas.

—¡Hey, chicas! —ambas voltearon a ver al local de al lado, de donde provenía la voz—. ¡Pasen, pasen!

Sin pensarlo dos veces las jóvenes entraron a la carnicería. Era un local pequeño y oscuro, con aire pesado que apestaba a muerte y partes de animales (piernas de cerdo, lomos de terneros, cuerpos de diferentes aves) colgando en las paredes; a pesar de esto, no era un lugar completamente desagradable.

—Buenas tardes, Dann—saludaron amablemente Sara y Dalia al unísono.

—¡Sara! ¡Dalia! ¿Cuánto tiempo sin verlas?

El robusto carnicero estuvo a punto de cruzar el mostrador y abrazar a las chicas, mas recordó que estaba manchado con sangre y se resistió—. Yo… quería agradecerles, por lo de Konan.

Una leve punzada lastimó el pecho de Dalia.

—No no, esto no es nada comparado con lo que tú has hecho —respondió Sara—. Gracias a ti y a tu amabilidad, tengo la espada de la que ahora me he enamorado.

Dalia tragó grueso. De repente, recordó las flechas que habían atravesado el delicado cuerpo de Sara, aquellas flechas que bien hubiesen podido matarla. Se esforzó por dejar esos recuerdos de lado y regresó a la realidad.

—Arriesgaron mucho para salvar a mi pequeño, y no sólo

a él, ¡al pueblo entero! Entraron a un bosque lleno de bestias salvajes para buscar una planta que posiblemente no estaría —Dann dejó de lado la carne en la que estaba trabajando, hizo señas a las chicas para que esperaran y atravesó una puerta que estaba a la derecha del mostrador. Pronto, regresó cargando dos bolsas con sus grandes manos—. Tomen, esta es la mejor carne de venado que jamás he probado. La he guardado para ustedes.

—¿Qué? —Sara tomó la bolsa y, dudosa, la dejó sobre el mostrador—. No es necesario.

—Esto debe de valer mucho como para que nos la regale así —dijo Dalia, negándose cortésmente a tomar la bolsa.

—No, tengan —insistió el hombre—. La merecen.

Dann volvió a ofrecer ambas bolsas con una sonrisa tan amable y dulce que las chicas no pudieron negarse de nuevo.

—Se lo agradecemos mucho.

—Ha sido un gesto muy bonito de su parte —Sara sonrió dulcemente, esa era una de sus formas de dar las más sinceras gracias.

—Tómenlo como una especie de recompensa. ¡Ah! Y me alegra saber que les está yendo tan bien en la academia. Por cierto, ¿cuándo es el torneo?

Las chicas se miraron entre sí, confundidas.

—¿Cuál torneo? —preguntaron ambas al unísono.

—¡Cierto! Ustedes no estaban cuando llegó la noticia. Será mejor que le pregunten a Nifta sobre esto, ella siempre parece estar más informada que

cualquiera en todo Humatsu.

Las chicas asintieron, agradecieron la carne nuevamente y salieron del local. A través del transparentado de la bolsa, ambas pudieron apreciar unos jugosos filetes de venado.

—¡Corre! —un brillo de emoción invadió los celestes ojos de Dalia—. Dejemos la carne en tu casa y apresurémonos a ir donde Nifta.

Una sonrisa iluminó el rostro de Sara. Era bueno saber que Dalia volvía a ser la chica alegre de siempre.

A gran velocidad y esquivando con rapidez a las personas que se encontraban en su camino, Dalia se dirigió a la casa de Sara. Sin decir nada dejó la bolsa sobre la mesa donde sus madres charlaban e hizo a Sara apresurarse tomándola por la muñeca para obligarla a ir a su paso, haciendo que ésta corriera sin detenerse hasta llegar a los campos de siembra. Allí, entre el fresco verde de los árboles, el brillante dorado del trigo y el ligero celeste del cielo, había una elegante y solitaria casa.

—Aún no entiendo cómo Nifta disfruta tanto vivir aquí —comentó Dalia, mientras se acercaban al lugar.

—Pues —Sara pensó un poco en lo que iba a decir—, es un lugar tranquilo y silencioso, donde puedes pensar y hacer lo que quieras sin interrupciones. Debe de ser genial

—¿No crees que Nifta puede sentirse algo sola?

Sara se encogió de hombros.

—La soledad no es necesariamente mala, depende de cómo la mires.

Dalia se detuvo a observar un momento a Sara. Recordó cuando eran niñas, cuando, a pesar de ser una criatura de apariencia dulce y brillantes ojos, tenía ese aura de frialdad que espantaba a todos. Recordó entonces que, a muy corta edad, Sara conoció la soledad como ningún otro habitante jamás lo había hecho en todo Humatsu…

El sordo sonido de Sara tocando a la puerta sacó a Dalia de sus pensamientos.

—¡Chicas! —una alegre Nifta se apresuró a abrir la puerta—. ¿Qué las trae al hogar de la herbolaria loca de Humatsu?
—Nosotras queríamos…

Nifta hizo callar a Dalia colocando un dedo sobre sus finos labios.

—No no, ya sé a qué han venido. Pasen, pasen, tengo moras frescas, de seguro les van a encantar.

Sara y Dalia compartieron una mirada de confusión.

—A veces me pregunto si Nifta es normal —susurró Dalia, en el momento en el que la mujer se encaminó a la cocina.
—Creo que no, por eso me agrada tanto.

Ambas jóvenes tomaron asiento frente a la redonda mesa de madera que estaba en la cocina y, desde ahí, observaron a la herbolaria servir en
dos tazas las moras. A juzgar por su apariencia, Nifta podría tener unos veinte o treinta años, aunque muchos pobladores decían que había estado en Humatsu más tiempo que cualquiera. Era morena, sus cabellos castaños estaban encogidos en unos perfectos rizos y sus ojos eran de un profundo color verde.

—Así que han venido a preguntar sobre el torneo…
—Dann nos dijo que podrías explicarnos mejor que cualquiera.
—Por supuesto que así es —Nifta partió una manzana en dos, colocó un trozo en cada taza y lo ofreció a las chicas—. Pues bien, ¿conocen la historia de los Caballeros Dorados y las Damas Plateadas?

Ambas jóvenes asintieron con la cabeza.

—Fueron aquellos que nos dieron la victoria en la Guerra Contra las Bestias. Humanos que lograron sobrevivir a un difícil entrenamiento, por lo que son conocidos como los mejores guerreros del reino —respondió Sara.

Nifta sonrió complacida.

—Después de que la guerra terminara, nuestros gobernantes decidieron continuar manteniendo el ejército de Caballeros Dorados y Damas Plateadas por si los seres mágicos decidían atacar nuevamente, así que…

—Crearon el Torneo de los Siete Fénix —terminó de decir Dalia—, el cual se celebra una vez cada dos años. Lo sabemos.

—¿En serio? —Nifta pareció sorprendida.

—Hay muchos libros sobre eso en la biblioteca —explicó Sara.

—Cierto… Bueno, el punto es que Humatsu, por ser un pueblo tan alejado, siempre fue excluido del torneo… hasta este año.

—¿¡Ah!? —los ojos de Dalia se iluminaron de inmediato.

—Por primera vez en la historia, Humatsu fue invitado a participar en el Torneo de los Siete Fénix.

La emoción se reflejó en el rostro de Dalia.

—No pareces muy emocionada, Sara —señaló Nifta, algo confundida.

—No es algo que me llame la atención. Para ser sincera, este torneo junto con sus ganadores se ha convertido en una burla hacia lo que en algún momento fueron los verdaderos Caballeros Dorados y Damas Plateadas, no vale la pena…

Las ilusiones de Dalia se cayeron en ese instante.

—Ah…, pero… —Sara se apresuró a buscar alguna especie de disculpa o algo que hiciera que la emoción volviera a los ojos de su amiga—. Bueno, si tú quieres participar, Dalia, entonces las cosas podrían cambiar un poco para mí.

Dalia sonrió. Sabía que las palabras de Sara no eran del todo ciertas, pero aquello le resultó algo tierno de su parte.

—El torneo tiene tres fases distintas —comenzó a explicar Nifta—: la primera se realiza a nivel de pueblos; la segunda se hace en la capital, ahí participan únicamente los ganadores de la primera etapa; y la tercera etapa es a nivel regional, donde los representantes de cada una de las siete regiones (que se escogen en la segunda etapa) luchan para poder realizar el entrenamiento que los convertirá en Caballeros Dorados y Damas Plateadas. ¿A ti te interesaría participar?

Dalia asintió inmediatamente. La simple idea de poder obtener uno de los títulos más importantes del reino hacía que su corazón se acelerara.

—Entonces viniste a informarte justo a tiempo. Mañana vendrá un enviado del Rey para supervisar el torneo de Humatsu, tendrás que hablar con él si quieres participar.

Dalia envió una mirada de emoción a Sara, a lo que ella respondió con una sutil curvatura en sus labios.

—¡Gracias Nifta!

Dalia saltó por encima de la mesa y abrazó a la joven herbolaria con fuerza. Sara rió ante aquello, no entendía cómo su amiga podía demostrar su gratitud tan abiertamente; eso era

algo que ella jamás sería capaz de hacer.

—Ya es algo tarde —avisó Nifta, mirando el cielo por la ventana—, será mejor que regresen a sus casas.

Dalia agradeció nuevamente la información y ambas se despidieron de la herbolaria. Una vez que se alejaron un poco de la casa de Nifta, Dalia tomó a Sara de ambas muñecas y comenzó a dar vueltas mientras sonreía.

—Realmente no entiendo qué es lo que te emociona tanto.

—Dudo que lo entiendas, nunca te emocionas por nada —le reprochó Dalia, sin dejar de moverse.

—No seas ruda conmigo, me emocioné la vez que encontraste el libro sobre la Guerra Contra las Bestias que yo tanto había estado buscando.

—Ah sí, esa fue la primera vez que me abrazaste —Dalia se detuvo en aquel momento—. Nunca me abrazas, deberías hacerlo más a menudo.

Sara hizo una especie de mueca al escucharla, Dalia rió.

—Hey, mira —Dalia señaló un árbol de manzano que estaba a unos metros de ellas—. ¿Lo recuerdas?

Dalia se dirigió al árbol sin siquiera dejar que Sara respondiera. Al estar ahí, se apresuró a subir por una de las ramas que estaban a su alcance y continuar trepando hasta lo más alto.

—¿Qué haces? —preguntó Sara acercándose al árbol.

—Traerte esto —en ese instante, Dalia se colgó de una de las ramas más cercanas a Sara, quedando boca abajo y sosteniéndose con las piernas—. Es para ti —dijo ofreciéndole una gran manzana roja.

—Pudiste haber caído —respondió Sara tomando la man-

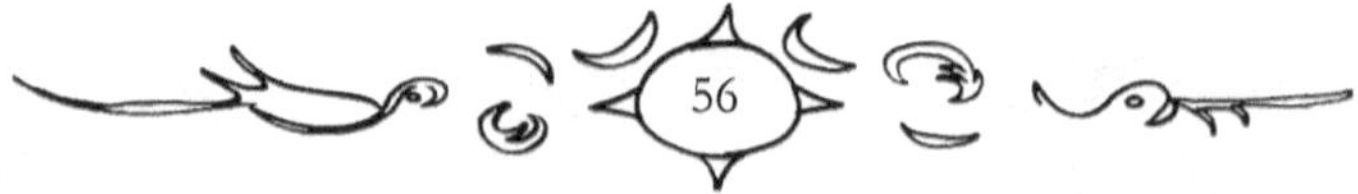

zana entre sus manos mientras los recuerdos inundaban su cabeza.

—Recuerdas la primera conversación que tuvimos —dijo Dalia, con una sonrisa, volviendo a subir a la rama y tomando asiento ahí para comer otra manzana que tenía en sus manos —. Ven, siéntate a mi lado.

Sara arqueó una ceja ante aquella petición, a lo que Dalia rió suavemente.

—¿De verdad piensas participar en el torneo? —inquirió Sara, sentándo

se sobre el césped.

—Sería lindo, ¿sabes? Usar una armadura plateada, vivir en la Ciudad Real, y el pago… Te aseguro que puedes tener una buena vida trabajando en el ejército de Damas Plateadas.

Esto último pareció despertar el interés de Sara.

—No había pensado en eso antes… —Sara dio un mordisco a la fruta, mientras consideraba las probabilidades de ganarse el título de Dama Plateada; sin embargo, pronto bufó al darse cuenta de dos cosas que aplastaron toda posibilidad—. Pero yo no podría participar—argumentó—. Uno, porque tendría que luchar contra ti, y dos, porque no sé cómo usar un arco. Se supone que las Damas Plateadas son arqueras, ¿no?

—Pensaba que, si participaras, podrías intentar ganar la armadura de Caballero Dorado.

Sara se abofeteó mentalmente por no haber pensado en eso antes.

—Es una gran opción —dijo—. Creo que participaré.

&&&

Esa fue una mañana soleada y fresca, como casi todas en Humatsu. Aunque, a decir verdad, aquel fue un día un poco más agitado, puesto que jóvenes y adultos se preparaban para la llegada del enviado del Rey, Aczudil, y esperaban con ansias el inicio del Torneo de los Siete Fénix. Pero quienes estaban verdaderamente ansiosos eran los estudiantes de la Academia de Arqueras y Espadachines; es decir, todas las personas de Humatsu entre los trece y los veintiún años de edad.

—¿A qué hora crees que llegará? —preguntó Dalia impaciente.

—No debe tardar mucho —respondió Sara, manteniendo los ojos cerrados y el ceño fruncido.

Dalia no estaba segura de la razón de aquella expresión, aunque después de analizarlo un poco se dio cuenta del bullicio que producían los pueblerinos de Humatsu reunidos en el salón de la academia. Sara realmente odiaba esa clase de ruidos. Para ella era estresante, irritante, tener que escuchar a todas esas personas que debían casi gritar para hacerse oír. Había risas de un lado, palabras nerviosas de otro, niños y niñas corriendo sin parar, bebés llorando… Por un momento, Dalia pensó en las desventajas de amar el silencio.

—¡Alumnos! —las puertas de madera se abrieron de golpe, haciendo que todos guardaran silencio—. ¡Formen una fila!

Los jóvenes obedecieron sin dudar y las demás personas se apresuraron a tomar asiento en la gradería del salón.

El hombre que se encontraba bajo el marco de la puerta comenzó a caminar, produciendo un sordo sonido cada vez que pisaba el suelo. Aquel era un tipo alto, moreno, de piernas y brazos musculosos, mirada penetrante y barba y cabello rojizo.

Él era el respetado entrenador Kyle.

—Por primera vez en la historia, Humatsu ha de participar en una de las actividades más importantes del reino, donde podremos aprovechar para recordarle a todos que este pueblo existe —la voz de aquel hombre era gruesa y fuerte, por lo que no le fue difícil hacerse escuchar—. ¡Es nuestra oportunidad! Aquellos dos que partan para la segunda etapa de este torneo tendrán que trabajar duro y esforzarse al máximo para llevar el nombre de Humatsu a lo más alto. ¿Están dispuestos a dar todo de ustedes y a soportar el dolor de la batalla para lograrlo?

—¡Sí, señor! —gritaron todos al unísono, levantando las armas.

Kyle sonrió, complacido ante la coordinación de sus estudiantes.

—En tal caso, es un honor para mí presentarles al enviado del Rey: Aczudil.

En ese instante, otro hombre cruzó la puerta de madera. Era delgado, de cabellos y bigotes castaños, ojos oscuros, brazos y piernas delgadas y ropas bastante ridículas, aunque visiblemente caras.

—Buenos días arqueras y espadachines de Humatsu —saludó el hombre, con voz ligeramente aguda—. Mi nombre es Aczudil, yo seré quien organice y supervise esta importante fase del Torneo de los Siete Fénix. Para poder darle inicio a esta actividad, primero pasaré por cada uno de ustedes y, aquellos que deseen participar, me darán su nombre y edad.

Aczudil sacó una pluma y un pergamino y comenzó a anotar la información de cada uno en éste.

—Dalia Snayder, dieciséis años —dijo la chica cuando Aczudil estuvo al frente suyo.

—Sara Lantz, dieciséis años.

Aczudil miró a Sara de pies a cabeza, deteniendo la vista justo en el cinturón de Sara, desde donde colgaba su amada espada.

—¿Es eso una espada?

—Sí, señor. Competiré por el título de Caballero Dorado.

Al escuchar esto, Aczudil soltó una sonora carcajada.

—Ustedes las mujeres no pueden pelear con espadas.

Al escuchar esto, Sara sintió la sangre hervir en su interior. Sonrió sutilmente, aunque aquella parecía la sonrisa de una psicópata, y con su mirada fulminó a aquel delgaducho hombre que tenía en frente.

—Disculpe, Aczudil —Kyle se acercó al hombre tan rápido como pudo—, pero me temo informarle que Lantz es una gran espadachina en Humatsu, es capaz de mover la espada tan o más rápido que cualquiera aquí.

—¿Una mujer? —Aczudil señaló a Sara de forma despectiva—. Aunque usted diga eso, una chica no puede participar por el título de Caballero Dorado.

—No lo sabrá hasta que no la vea luchar.

Aczudil observó a Sara por un momento, pensativo, y finalmente dijo:

—La dejaré participar por el título de Caballero Dorado —informó un poco molesto—, sólo porque estoy seguro de que querrá rendirse en la primera batalla...

Sara tomó con fuerza el mango de su espada, la cólera había logrado cegar su mente; pero, antes de que pudiera hacer alguna estupidez, Dalia tomó con fuerza aquel brazo, logrando hacer que Sara regresara a la realidad.

—Tranquila —Kyle dejó caer su mano sobre el hombro de Sara—, estoy seguro de que podrás demostrar de lo que eres capaz.

Sara suspiró, soltó su espada y esbozó una fugaz sonrisa tratando de recomponerse.

La noche después de su inscripción en el torneo Sara no pudo dormir bien. Tuvo un sueño extraño, más bien una pesadilla de la que temía no despertar. Estaba bajo el árbol de cerezo que se hallaba en la cima de la colina más cercana al bosque. Junto a ella estaba Dalia, acostada sobre el césped admirando las nubes. Desde allí podía verse perfectamente el poblado de Humatsu, tan hermoso como siempre. Todo estaba tranquilo, silencioso, perfecto a los ojos de Sara, hasta que una figura extraña apareció en el cielo. No estaba muy segura de lo que era aquella cosa, parecía un monstruo blanco de más de quince metros, el cual aterrizó en la mitad de Humatsu. De su boca salían poderosas llamas que quemaban hasta la más pequeña cosa, y con sus grandes patas derrumbaba las casas que se encontraban a su paso. Sara escuchó a Dalia llorar. Sin embargo, no podía voltear a verla. Quiso levantarse y correr hacia el pueblo para asegurarse de que su madre estuviera bien, pero tampoco pudo. Su cuerpo no quería obedecerle. Sólo podía ver aquella escena, ver cómo el lugar donde había crecido era destrozado. No parecía tener opciones hasta que, luego de tortuosos minutos, el monstruo pareció terminar con su trabajo y se marchó, perdiéndose entre las blancas nubes. Al fin, el cuerpo de Sara quiso hacer caso a lo que ella le ordenaba. Lo primero que hizo fue buscar a Dalia, pero no la encontró en ninguna parte. Había

desaparecido. Entonces corrió hacia el pueblo, con la esperanza de que todos allí estuvieran bien. Por desgracia, sus esperanzas fueron aplastadas al ver aquello: casas incendiadas, sangre por todos lados y trozos de ropa que en algún momento debieron pertenecer a alguien. Recorrió las calles de Humatsu buscando cualquier señal de vida, pero lo único que veía eran mariposas negras. Hasta que, finalmente, miró algo más a lo lejos, justo en el centro del pueblo. Se acercó con cautela y quedó espantada. Se arrepintió mil veces de haber visto aquello y deseó alejarse tan rápido como sus pies se lo permitieran, pero su cuerpo nuevamente había quedado paralizado. Frente a ella, yaciendo sobre el césped, estaba Dalia, con la mirada perdida en el cielo, su piel increíblemente pálida, una mariposa negra posada sobre su frente, y una espada clavada en su pecho. Una espada que nunca había visto, pero que en aquel sueño Sara recordaba como suya. Tan pronto como se dio cuenta de esto, Sara despertó. Tenía los ojos húmedos, al parecer había llorado mientras dormía. Por primera vez desde hacía varios años sintió miedo de volver a dormir y a la vez miedo de estar despierta, temía que su sueño se hiciera realidad. Estando en aquella situación, hizo lo que sintió podría calmarla: se puso los zapatos y sigilosamente salió de su casa.

Sin pensarlo dos veces se encaminó a la casa de Dalia. Encontró la ventana abierta y buscó a Dalia. Se acostó a su lado y se acurrucó en sus brazos, sintiendo la calma inundar su cuerpo. Antes de poder dormirse, recordó cuando era pequeña. Muchas veces soñaba con su padre, con el monstruo que lo había atrapado y se lo había llevado lejos. Otras veces soñaba con que aquel mismo bicho lo torturaba, intentando sacarle algún tipo de información que él se negaba entregarle. Para su suerte, desde que conoció a Dalia podía calmar sus temores. No estaba muy segura del porqué, pero le traía una tranquilidad tan dulce que el miedo de la noche pronto era remplazado por un cálido sentimiento de compañía.

— ¿Tuviste un mal sueño? —le preguntó Dalia, medio dormida, al sentir cómo la chica de ojos plateados se acomodaba entre sus brazos. Sara asintió con la cabeza, a lo que Dalia enredó con cuidado sus dedos entre aquellas oscuras hebras—. Hablaremos de eso luego, por ahora será mejor que descanses. Mañana debes competir.

&&&

—¡El ganador es Ricket Limbert! —las personas del público aplaudieron ante el anuncio del entrenador Kyle.

Aczudil comenzó a hacer apuntes, algo complacido por el resultado de aquella batalla. Dalia aplaudió al ganador, emocionada, pero Sara se quedó quieta, apretando el mango de su espada con fuerza.

—¿Estás nerviosa? —preguntó Dalia, entre curiosa y preocupada.

Sara no respondió. Tenía sus brillantes ojos clavados en aquel que se hacía llamar «el enviado del Rey». Dalia pensó que de seguro Sara lo estaba asesinando mentalmente.

—¡Los siguientes en competir son Andy Clervart y Sara Lantz! —al decir este último nombre, un extraño tono de burla se pudo distinguir en la voz de Aczudil.

Sara suspiró y se dirigió al centro del gran salón de la academia. La joven pasó su temblorosa mano sobre el cinturón de su espada e inhaló profundamente, tratando de calmar sus nervios.

—No te preocupes —le susurró Andy, sonriendo al verla tan nerviosa—, eres buena con la espada, por supuesto que ganarás. No me rendiré fácilmente, claro está, te daré una batalla

digna para que demuestres tu potencial.

Sara esbozó una fugaz sonrisa al escuchar aquello. Andy lo tomó como un gesto de agradecimiento. Hubo un silencio bastante tenso. El público observaba, atento, y Aczudil esperaba el momento en el que Sara se rendiría. Un escalofrío recorrió la espina dorsal de ella, fue entonces cuando Andy desenvainó su espada y dio el primer golpe. Sara se apresuró a sacar su espada y detuvo el ataque de su contrincante provocando un sonido metálico estridente. ¿Era idea suya, o de repente su espada parecía más pesada? Andy continuó dando fuertes golpes que Sara apenas podía detener. El chico se extrañó un poco ante aquello, mas no se detuvo ni por un momento. Sara logró escuchar una risita burlona por parte de Aczudil, mientras sentía cómo su espada pesaba más y más. ¿Qué estaba pasando? ¿Acaso El Destino estaba en contra de la idea de que se convirtiera en una Caballera Dorada? Sara se vio obligada a retroceder poco a poco. Trató de dar algún golpe fuerte, pero todo intento fue en vano. ¿Por qué no podía moverse como antes? ¿Eran los nervios los que se lo impedían? O, acaso, ¿un terrible miedo a perder que antes no había experimentado?

El sonido de las espadas chocando inundó el lugar. Andy esquivaba con facilidad los golpes de Sara, mientras que ella con dificultad se movía para evitar ser cortada por aquella mortal arma. Por un segundo, Sara tuvo la oportunidad de observar a su madre. Estaba sentada en uno de los lugares más cercanos, con la esperanza destilando de sus ojos cafés. Un nuevo sentimiento recorrió el cuerpo de la joven. Si llegaba a convertirse en una Caballera Dorada podría ganar el suficiente dinero para darle una mejor vida a su madre, una vida donde no tendría que levantarse temprano para ir a trabajar en los campos y permanecer allí hasta el anochecer, una vida que una madre como ella realmente merecía. Debía ganar… Tenía que hacerlo por ella…
Sara esquivó un golpe ágilmente y agitó su espada tan rápido

que Andy no tuvo más opción que retroceder para evitar ser cortado, por lo que Sara tomó ventaja. La gema azulada de su collar comenzó a brillar con mayor fuerza, aunque esto fue algo que sólo Dalia notó. Su espada se hizo ligera como pluma, sus movimientos se volvieron más veloces y certeros. Andy sonrió ante el cambio, pronto aquello se convirtió en una danza de espadas. Había algo en Sara que sorprendió incluso a Aczudil. Se veía tan poderosa, con sus negros cabellos bailando en el aire y su forma de moverse tan elegante y delicada. Era como si estuviese destinada a ser guerrera. De un solo golpe y debido a un pequeño descuido que tuvo Andy, Sara logró enviar la espada de su contrincante lejos de él. Veloz como un rayo, la chica dio una fuerte patada que hizo que Andy cayera, y sin siquiera pensarlo colocó su espada en dirección al cuello del chico.

—¡La ganadora es Sara Lantz! —anunció Kyle, con alegría.

La gema recobró su brillo habitual mientras el público aplaudía, emocionado. El único que no celebraba aquello era Aczudil, quien había hecho una mueca de total disgusto.

—Te dije que Sara era buena con la espada —soltó Kyle, sin dejar de aplaudir.

—Ha sido un golpe de suerte —Aczudil hizo algunos tachones en el papel y apuntó a Sara como la ganadora—. Aún tiene muchas batallas que ganar si quiere convertirse en Caballera Dorada.

Kyle observó a Aczudil por un segundo. Había algo en la forma en la que actuaba que le hacía querer golpearlo; pero, para su desgracia, no podía hacerlo. Las horas iban avanzando y el Sol se paseaba radiante por el cielo. Como todos esperaban, Sara fue ganando cada una de las batallas que le eran asignadas, hasta que llegó a la final donde se decidiría cuál de los dos espadachines pasaría a la siguiente fase. Sara se quedó en medio

del salón, viendo cómo su contrincante, Rickman Tinder, se acercaba a ella. Su cuerpo no daba la menor señal de cansancio y su mente se mantenía llena de pensamientos positivos; hasta ahora, todo iba bien.

—Hace mucho que quería luchar contra ti —comentó Rickman.

—¿Por qué? —Sara frunció el ceño, extrañada.

—Todos dicen que eres la mejor espadachina de Humatsu, pero ¡por favor! ¡Apenas eres una chica de dieciséis años! —aquello sonó como una burla—. Es imposible que seas la mejor. Llevo quince años practicando con la espada, por supuesto que el mejor espadachín aquí soy yo, y eso lo voy a demostrar.

Un extraño destello recorrió los plateados ojos de la chica y una sonrisa maliciosa se dibujó en su rostro.

—Inténtalo —Sara tomó su espada con ambas manos y se colocó en posición de ataque—. Vénceme si puedes.

En ese instante, Rickman levantó su espada y con fuerza la dejó caer sobre Sara. La chica esquivó el golpe rápidamente y se dispuso a contraatacar, pero su arma fue detenida por la espada de su contrincante.

Por un momento, Sara sintió que estaba luchando contra un gigante. Rickman era al menos diez centímetros más alto que ella, los músculos de su cuerpo estaban muy desarrollados, la espada y los brazos de él eran mucho más grandes que los suyos. Si ella intentaba detener un golpe con su propia espada probablemente ésta se quebraría en dos. Sara se mantuvo moviéndose de un lado a otro, esquivando los golpes. No podía atacar, no encontraba la manera, ni tampoco la forma de despojarlo de su espada. Rickman comenzó a frustrarse. Cada golpe que daba era evadido por Sara con un ligero movimiento; no importaba que tan rápido fuera, ella siempre era más veloz.

Entonces, ya cansado de aquello, se las ingenió para hacer una zancadilla a la chica, haciéndola caer. Sara observó horrorizada cómo Rickman levantaba su espada con ambas manos y dio un rápido giro justo antes de que el arma se clavara en el suelo de madera.

—¿¡Qué haces!? Te faltó poco para matarme.

Rickman sacó su espada del suelo e intentó clavarla de nuevo en la chica. Por suerte, Sara se movió veloz y se puso en pie. De nuevo, la espada de Rickman se hundió en el suelo, aunque esta vez él no pudo levantarla. Sara quiso aprovechar la ocasión y velozmente se dispuso a acorralarlo de tal forma que decidiera rendirse, pero Rickman retiró la espada del suelo y la agitó con fuerza contra Sara. La chica apenas pudo retroceder evitando una cortada grave, aunque una hendidura fina se formó a lo largo de su mejilla derecha. Dalia llevó ambas manos a su boca para ahogar un grito. Si Sara no hubiese reaccionado a tiempo probablemente se hubiese quedado sin un ojo. Rickman continuó enviando múltiples golpes, cada vez más llenos de ira; sin embargo, no logró dañarla.

Sara intentó herir al chico varias veces, no obstante, fallaba en cada intento. Le era difícil esquivar y golpear a la vez. Así pasaron varios minutos. Estaban sumidos en una danza que parecía no tener fin hasta que las piernas de Sara dejaron de responder con la misma velocidad y los músculos de sus brazos comenzaron a arder. Estaba empezando a agotarse.

—Creo que deberíamos detener la batalla —advirtió Kyle—. Tinder sería capaz de cualquier cosa con tal de obtener el título.

Aczudil observó un momento la batalla, pensativo.

—No podemos interferir en los combates —una sonrisa malvada se dibujó en su rostro—. Deja que el muchacho haga

lo que pueda con tal de ganar. Después de todo, le advertí a Lantz que esto era cosa de hombres…

Kyle frunció el ceño, bastante molesto, y pasó su mano por su rojizo cabello tratando de alejar todo deseo de acabar de una sola vez con Aczudil. Sangre corría por el rostro de Sara, nublándole la vista. En un momento, la chica dio un salto para intentar atacar a su contrincante, pero Rickman le dio una fuerte patada en el estómago que la dejó retorciéndose de dolor sobre el suelo. Sin pensarlo dos veces, Rickman colocó un pie a cada lado del cuerpo de la joven, impidiendo así que ella se moviera como antes, con la mayor fuerza posible asestó su espada contra Sara. Al verse acorralada, la chica lo único que pensó hacer fue sostener su espada horizontalmente sobre su cabeza, el sonido metálico de ambas armas chocando hizo eco por toda la academia.

La espada de Sara, aunque se debilitó, no se rompió. Estaba consciente de que su arma era mucho más delgada que la de Rickman, por lo que no aguantaría mucho tiempo. El joven empujó su arma hacia abajo con mayor fuerza mientras la chica luchaba por mantener sus brazos firmes. Si Sara relajaba los brazos al menos un segundo posiblemente la espada de Rickman se hundiría en su cabeza. Natsu inmediatamente se levantó, buscó su arco y su flecha, pero, por supuesto, no los tenía ese día. Dalia estuvo dispuesta a correr y alejar aquel monstruo de Sara; sin embargo, no pudo hacerlo. El miedo de lo que pudiera llegar a pasar si lo hacía le había congelado las piernas. Interferir en una batalla tan importante era una falta grave. Rickman aplicó más fuerza sobre su espada. Sara sintió los músculos de sus brazos arder horriblemente, ya estaba demasiado agotada para sostenerse por más tiempo. Pensó que quizá quedarían pocos minutos para que la fuerza del chico venciera a la suya.

—¡Ríndete! —exigió Rickman, con la voz áspera por el es-

fuerzo—. ¡Ríndete ahora y te dejaré vivir!

Sara dio un grito desgarrador, pues el dolor en sus músculos se volvía insoportable. La chica pudo ver cómo el filo de aquella gran espada se acercaba lentamente a su rostro; pero no se rindió. Entonces Rickman, al ver la determinación en los ojos de Sara, tuvo una idea: levantó los brazos con el objetivo de golpear tan fuerte como se lo permitieran, sabía que Sara no podría soportarlo. Sin embargo, cuando alzó su espada tan alto como pudo, la gema azulada del collar de la joven comenzó a brillar. En un segundo el brillo se había hecho tan fuerte que las personas se vieron obligadas a cerrar los ojos. Rickman asestó su espada contra la chica y un horrible grito salió de la garganta de Sara, por lo que todos esperaron lo peor. Cuando el brillo se desvaneció, Dalia y Natsu se pusieron de pie para ver lo que había sucedido.

En realidad, nadie en el gran salón esperaba ver aquella escena: Sara estaba en pie, con la respiración algo agitada y su espada fuertemente sostenida; Rickman estaba hincado. Su espada había escapado de sus manos y un profundo corte invadía su cuerpo desde el hombro izquierdo hasta su cadera derecha.

—Lo siento… —susurró Sara, viendo cómo la sangre de su contrincante manchaba el suelo.

Los párpados parecían pesarle y su respiración era rápida, como si la energía vital de su cuerpo la hubiese abandonado. Rickman cayó al suelo y Nifta se apresuró a socorrerlo, buscando la forma de detener el sangrado.

—¡La ganadora es Sara Lantz! —anunció Kyle, con un suspiro de alivio.

Aczudil apretó los puños con fuerza, quebrando la pluma con la que estaba escribiendo. Dalia y Natsu no tardaron en le-

vantarse y correr a abrazar a Sara; aunque, justo en el momento en el que Dalia la rodeó con sus brazos, Sara se desmayó.

&&&

La dragona blanca

Un fuerte dolor de cabeza hizo que despertara. Comenzó a abrir los ojos lentamente y llevó una mano a su frente mientras observaba el lugar donde se encontraba. Estaba en una de las habitaciones de la casa de Nifta.

De forma perezosa Sara se incorporó. Sentía una horrible punzada en la sien y el sol le molestaba más de lo usual, pero parecía encontrarse bien. Intentó recordar qué había pasado, en su memoria sólo divagaban imágenes de una batalla con Rickman y luego… pues, no estaba muy segura. Recordó que en el momento en el que la gema comenzó a brillar, su espada fue rodeada por una especie de sombra oscura que luego se dirigió rápidamente a Rickman, paralizándolo, y allí ella aprovechó para levantarse y terminar con aquella batalla de una vez por todas. Sin embargo, no estaba muy segura de que eso de verdad hubiese pasado, más bien le parecía haberlo soñado.

Llevó una mano a su cuello con la intención de tomar la gema, mas no estaba ahí. Preocupada, comenzó a buscar entre las sábanas e incluso debajo de la cama, pero no la encontró por ningún lado. Examinó la habitación con la mirada, desesperada, hasta ver el collar sobre una mesita de noche, al lado de una rosa azul.

Una sonrisa iluminó su rostro. Se levantó con cierta dificultad, se colocó el collar, tomó la rosa entre sus manos y bajó las escaleras, encontrándose con Nifta en la cocina.

—¡Al fin despiertas, dormilona! —exclamó Nifta, sin apartar la mirada de aquello que cocinaba—. Toma asiento, ya casi está el almuerzo listo.

Sara obedeció en silencio, disfrutando del delicioso aroma que inundaba la cocina.

—Dalia vino a visitarme, ¿cierto?

—Hace un par de horas vino con tu madre, pero tuvieron que irse pronto. ¿Cómo supiste que Dalia estuvo aquí?

Sara observó la rosa que tenía entre sus manos y con cuidado la colocó sobre la mesa.

—Es el único ser capaz de transformar las rosas blancas en azules —respondió Sara. Luego de un momento de silencio, la chica se atrevió a preguntar—, ¿cuánto tiempo llevo aquí?

—Tres días y algunas horas.

—¿¡Tres días!? —el asombro invadió el rostro de Sara—. El torneo de Dalia… era ayer… ¡No pude verla!

Nifta rió suavemente y colocó un plato frente a Sara para luego sentarse a su lado.

—Creí que te preocuparía más tu salud que un torneo —comentó la herbolaria—. Pero no te preocupes, podrás verla competir en la capital.

—¿Logró pasar?

—¡Por supuesto que logró pasar! Es la mejor arquera de Humatsu… De hecho, es una de las mejores arqueras que he visto en mi larga vida.

Un sentimiento de felicidad y orgullo invadió a Sara, aunque pronto una tonta duda se paseó por su mente.

—¿Larga vida? ¿Qué edad tienes?

—Si te lo digo jamás me creerás —respondió Nifta, con una dulce sonrisa.

Sara se limitó a sonreír. Nifta era un gran misterio para todos, sabía que encontrar una respuesta a aquel tipo de preguntas era una tarea imposible. Ahora que podía pensar con más calma, se dispuso a procesar lo que había pasado anteriormente.

—¿Cómo está Rickman?

—Se encuentra bien, ayer pudo partir a su casa sin problemas, la herida que le hiciste no fue mortal. Creo que lo que más le lastimó fue el hecho de haber perdido el torneo.

Sara soltó un largo suspiro de alivio. Lo único que necesitaba era asegurarse de que realmente había resultado victoriosa en aquella batalla.

&&&

La emoción y los nervios inundaban el cuerpo de Dalia como nunca antes. Dentro de dos días partiría a Lieu Sacré, la capital, junto con Sara, donde las esperaban Aczudil y otros arqueros y espadachines de toda la región. Tendría que dejar Humatsu y a su familia, claro, pero obtendría el título de Dama Plateada lo que sería un gran honor y le daría muchos beneficios.

—¡Dalia! —la voz de Alice se escuchó desde las escaleras—. ¡Baja, alguien vino a verte!

Dalia obedeció y corrió hacia las escaleras. Abajo, con una leve sonrisa, la esperaba Sara.

—¡Despertaste! —Dalia se lanzó hacia la chica de ojos plateados y la abrazó con fuerza, haciendo que se tambaleara hasta casi caer, aunque ella no respondió a su abrazo—. ¿Te sientes mejor?

—Un poco mejor, sí —Sara esperó a que su amiga se apartara de ella para seguir hablando—. ¿Ya preparaste el equipaje para el viaje?

—Estoy en eso —Dalia dio un pequeño salto de alegría, parecía una niña a la que le acababan de dar un dulce—. ¡Iremos juntas a Lieu Sacré!

Sara rió suavemente, la emoción de Dalia desbordaba por sus poros.

—Será la primera vez que salgamos juntas a hacer algo que no sea cazar en el bosque —agregó Dalia.

—¿En qué viajaremos? ¿Tendremos que comprar caballos?

—Ah, por eso no te preocupes. Dann nos ha donado un par de caballos y mis padres han comprado un vagón. Con eso será suficiente, ¿no crees?

Sara asintió, sonriendo.

—¡Sara! —El padre de Dalia se acercó a las chicas y colocó su mano pesadamente sobre su hombro—. Qué bueno verte por aquí de nuevo. De verdad te felicito, diste una gran batalla.

—Gracias por tus palabras, de verdad me halagan —Sara esbozó una débil sonrisa y sus mejillas se tornaron aún más rosadas de lo usual.

—Bueno, Sara, no es porque quiera echarte, pero deberías volver a tu casa a preparar tus cosas para el viaje. Me tranquiliza verte en pie de nuevo.

—También me tranquiliza haberte visto con salud, señor Snayder. Y tienes razón, ya debería marcharme —Sara dio un rápido abrazo a su amiga y un apretón de manos al padre de Dalia—. Espero poder hablar con ustedes pronto.

Dalia y su padre observaron a Sara partir.

—Ha cambiado mucho durante estos años —comentó el padre Dalia, sin apartar la mirada del exterior.

—Lo sé. Hace nueve años ella no habría podido ni siquiera dirigirte la palabra.

—No la culpo, creo que para entonces no estaba muy acostumbrada a interactuar.

—Me gustaría preguntarle cómo era su vida antes de que yo le hablara. —Dalia suspiró.

—No creo que sea buena idea hacerle recordar sus tiempos de soledad. Mejor déjalo así, que el pasado sea el pasado y no tenga por qué perturbar el presente.

Dalia lo pensó un momento y luego se encogió de hombros.

—Supongo que tienes razón, será mejor dejarlo así.

—Es bueno que te des cuenta —dijo el hombre—. Ahora sube, aún tienes cosas que empacar.

&&&

Esa fue una mañana oscura, de esas que Sara tanto solía disfrutar: la brisa era fría y las grises nubes impedían que los rayos del sol tocaran directamente aquel pueblo.

Dalia fue acomodando las maletas una a una en el vagón, sintiendo la emoción recorrer su cuerpo. Sara se aseguraba de que los caballos hubiesen comido y de que cada parte del vagón estuviese en buen estado. Por fin, había llegado el día…

—¿Cuánto tiempo tardaremos en llegar a Lieu Sacré? —preguntó Dalia, incapaz de hablar fluidamente por la emoción.

—Dos días, tendremos unos tres días para recorrer la ciudad antes de que comiencen los torneos.

—Estoy tan orgullosa de ti —Natsu abrazó a su hija desde atrás, sorprendiéndola—. No puedo creer que te irás de casa.

—Solo será por algún tiempo, madre. Regresaré.

Natsu soltó a su hija y suspiró, no muy convencida de aquellas palabras.

—¿Por qué no nos acompañan? —inquirió Dalia, acercándose a la mujer—. Queda suficiente espacio en el vagón.

—Te agradezco mucho la invitación, Dalia, pero debo trabajar. Si no, ¿quién mantendrá la casa en pie mientras no estén?

—La casa no se caerá sólo porque no estés algunos días —dijo Alice, sonriendo.

—Prefiero quedarme aquí, así me aseguraré de que todo esté bien para cuando Sara regrese.

Natsu sonrió y peinó con cariño el negro cabello de su hija. No podía creer lo rápido que pasaba el tiempo y lo mucho que había crecido.

—¿Y por qué tú no nos acompañas Alice? —preguntó Sara.

—No me gusta viajar —respondió Alice, haciendo una leve mueca—. Además, confío en que ustedes pueden valerse por sí mismas.

Sara y Dalia sonrieron.

—¿Ya se despidieron de las personas del pueblo? —preguntó Natsu.

Ambas chicas asintieron con la cabeza.

—Recorrimos todo el pueblo en la mañana —respondió Sara.

—E incluso fuimos a los campos a despedirnos de mi padre —agregó Dalia.

Las mujeres continuaron haciendo diferentes preguntas típicas de las madres, de esas que demuestran que están preocupadas por que todo salga bien; sin embargo, Sara fue incapaz de poner atención. Un escalofrío recorrió su esbelto cuerpo, algo dentro de ella le dijo que levantara la mirada.

Al principio no vio nada, tan sólo aquella capa de nubes grises que anunciaban que pronto llovería. Pero, luego de unos segundos, vio una extraña figura blanca cruzar el cielo. No parecía ser un ave, aunque tampoco podía ser otra cosa, ¿cierto?

Sara siguió aquel punto blanco hasta que se alejó lo suficiente para desaparecer. Un extraño sentimiento de inquietud la invadió.

—¿Pasa algo? —la preocupación destilaba del tono de voz de Dalia.

—No es nada —respondió Sara, sin dejar de ver el cielo—. Sólo… me pareció ver algo.

—Bueno, será mejor que partan antes de que los caballos arruinen mi jardín —Alice abrazó a ambas chicas y besó con cariño la mejilla de Dalia.

—Sé que llegarán alto —Natsu estrechó la mano de Dalia y volvió a abrazar a su hija con fuerza.

Al apartarse de ella, Sara pudo ver que Natsu tenía los ojos llorosos.

—De verdad espero que podamos…

Pero las palabras de Sara fueron interrumpidas por un fuerte rugido. Una gigantesca figura pasó volando sobre ellas y aterrizó al otro lado del pueblo.

Era un ser de al menos veinte metros de largo, con ojos color rubí, colmillos grandes y afilados, cuatro poderosas zarpas, una serpenteante cola, su blanco cuerpo cubierto de brillantes

escamas y dos majestuosas alas. Un dragón…

—No… —Natsu llevó ambas manos a su boca, atónita—. Es muy pronto…

—¡Suban al vagón! —ordenó Alice, antes de entrar corriendo a su casa.

Dalia obedeció de inmediato, pero Sara se quedó inmóvil y con sus plateados ojos vio a lo lejos cómo aquella criatura destrozaba casas y luego examinaba los escombros, como si estuviese buscando algo.

—¡Sara, sube al vagón! —Natsu tomó a su hija del brazo y la obligó a subir junto a Dalia.

Pronto, Alice regresó con dos arcos, dos aljabas y una pequeña bolsa café.

—¡Rápido, suban! —gritó Dalia, con lágrimas en los ojos.

—Lo siento… —Alice lanzó la bolsita al carruaje y entregó un arco y una aljaba a Natsu—. Las demás deben estar retrasándola, así que podrán escapar sin problemas.

—¿De qué hablan? —Dalia estuvo a punto de bajar del vagón, pero Alice la empujó hacia adentro impidiendo que cumpliera con su objetivo.

—¡Sara! —el grito de Natsu sacó a la chica del estado de shock en el que aún se hallaba—. ¡Toma las riendas y asegúrate de alejarte de aquí!

La chica asintió y pronto puso los caballos en marcha, tratando de evadir las ganas de detenerse para mirar atrás. Dalia se quedó en el lugar en el que había caído, escuchando los caballos galopar mientras lágrimas corrían por su joven rostro.

Unas cuantas lágrimas humedecieron los ojos de Sara, pero pronto las limpió con su mano y procuró que no volvieran a sa-

lir. En esa situación no podía llorar, debía ser fuerte, así podría proteger a Dalia.

Siguieron así durante varios minutos, viajando a gran velocidad y negando lo que acababan de ver. Cuando se encontraron en algún lugar perdido del bosque, Dalia procesó lo que estaba pasando.

—¡Detén el carruaje! —se levantó, arrebatando las riendas de las manos de Sara y obligando a los caballos a detenerse.

—¡No! ¡Dalia, espera!

Dalia tomó su arco y su aljaba y de un salto bajó del vagón. Sara la siguió y la hizo detenerse tomándola del brazo antes de que pudiese alejarse de ahí.

—¡Déjame ir! —gritó Dalia, tratando de zafarse del agarre de Sara.

—No podemos volver, entiéndelo.

—¡Tenemos que ayudarlas! —la vista de Dalia se vio nublada por las imparables lágrimas—. ¡Tenemos que ir!

Dalia comenzó a hacer movimientos cada vez más bruscos, ignorando las palabras de Sara. No estaba muy segura del lugar donde se encontraban ni de cómo irían a volver, pero tampoco podía quedarse ahí sin hacer nada mientras su pueblo luchaba contra aquel monstruo.

Dalia sintió que el agarre de Sara era cada vez más fuerte, incluso comenzaba a lastimarla, pero ignoró aquel dolor y continuó insistiendo.

—Lo siento… —Dalia escuchó un largo suspiro que acompañó este susurro. Y pronto sintió un fuerte golpe en la cabeza que la hizo caer dormida.

&&&

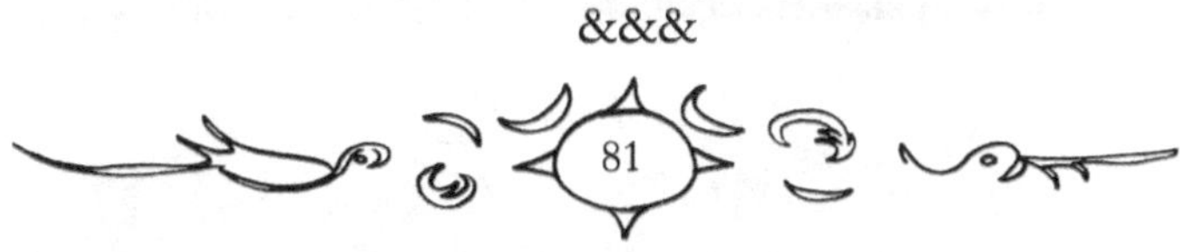

El frío se inyectó en su cuerpo, haciéndola despertar. Un dolor punzante atacó su cabeza y un agudo sonido se mantuvo en sus oídos por largo rato, pronto ambas cosas desaparecieron.

Abrió los ojos con algo de dificultad y se dio cuenta de que estaba dentro del vagón. Escuchó la lluvia golpear el techo y los caballos relinchar afuera, sonidos que hasta cierto punto la relajaron.

—¿Dormiste bien? —preguntó Sara, subiendo al vagón con el cabello y la ropa empapados.

—¿Cuánto tiempo ha pasado?

—Unas ocho horas, pronto atardecerá.

Sara terminó de escurrir su cabello y sus ropas y observó a Dalia. Tenía una expresión dolida, algo muy poco común en ella. Movía los dedos con cierta inquietud y sus ojos estaban levemente hinchados de tanto llorar.

A diferencia de ella, el rostro de Sara estaba más inexpresivo de lo usual. Aunque claro, desde la perspectiva de Dalia, sus plateados ojos decían lo suficiente como para saber que no se encontraba bien.

—Tenemos que volver —dijo Dalia, con algo de dificultad—. Debemos ver si quedó alguien con vida.

—No vale la pena —respondió Sara, sentándose frente a ella—. No hay más que sangre y cenizas.

En ese momento, Dalia se dio cuenta de que Sara llevaba consigo una mochila de cuero y un cinturón de donde colgaba su espada.

—¿Qué fue lo que trajiste?

—Unas cuantas cosas que se pudieron salvar —respondió Sara, dejando la espada de lado pero manteniendo la mochila

consigo.

—Quiero volver —susurró Dalia—. ¡Tengo derecho de volver yo también!

—No irás. Ya te dije que no vale la pena.

—¿¡Por qué tú sí puedes volver y yo no!?

El recuerdo de los cuerpos ensangrentados, mutilados y destrozados, los edificios destruidos y los campos en llamas cruzaron velozmente la mente de Sara.

—Jamás soportarías ver lo que yo vi.

—¿¡Cómo lo sabes!? ¡Si tú pudiste volver al pueblo y estar aquí sin problemas entonces yo también puedo!

—¡Por supuesto que no, Dalia! ¡Tú eres más frágil! —. Sin darse cuenta, Sara había comenzado a gritar.

—¿Estás diciéndome débil?

—¡Estoy tratando de decirte que no quiero verte aún más destrozada!

—¡Pero es que ya no puedo estar más destrozada!

Lágrimas volvieron a correr por sus mejillas. Sara se quedó estática por un momento, observándola, dejó la mochila en el suelo y se sentó junto a ella.

—Lo siento —se disculpó Dalia, entre sollozos—. Estoy algo confundida, no sé qué podemos hacer.

—Sólo nos queda viajar a Lieu Sacré y continuar con el torneo. Si ganamos, tendremos una buena vida asegurada; si no, buscaremos cómo forjar nuestro futuro. Buscaré trabajo o ya sabré yo qué haré —Sara pasó su mano por el rostro de Dalia, secando sus lágrimas—. La bolsa que tu madre nos dio tiene oro y plata, el suficiente como para vivir unas semanas. Todo saldrá bien, ya lo verás.

Dalia se quedó en silencio un momento, sintiendo las he-

ladas manos de Sara pasearse por su rostro. Luego de unos segundos de pensar en sus palabras, Dalia esbozó una débil sonrisa y se asintió agradecida por poder estar junto a Sara en un momento como ese.

—Nunca entenderé cómo haces para poner orden en medio del caos.

—Cuando quiero hacer algo por una persona que realmente aprecio creo que soy capaz de cualquier cosa.

Dalia cerró los ojos para poder disfrutar al máximo de aquel tacto. Las manos de Sara siempre habían sido frías, igual que ella, pero al acariciar el suave rostro de Dalia el calor de ésta las envolvía.

—Me aseguré de averiguar dónde estamos y de amarrar los caballos en un lugar donde pudiesen comer y beber. Tendremos que movernos hacia el sudoeste para encontrar el camino que lleva a Lieu Sacré —Sara se levantó y encendió una vela—. Tú duerme, yo me quedaré despierta a hacer guardia.

—No no, ya he dormido suficiente. Mejor duerme tú, yo haré guardia.

—No me engañes, Dalia, aún tienes sueño, lo veo en tus ojos.

Sara tomó la mochila de cuero, sacó un cuaderno negro que a Dalia se le hizo bastante familiar y tomó asiento sobre una de las maletas de tela que estaban cercanas a la salida.

—Duerme de una vez —dijo Sara.

Dalia se encogió de hombros, sacó una manta de su maleta y pronto cayó dormida; después de todo, con los ojos tan hinchados por haber llorado tanto, no podría hacer guardia.

Mientras tanto, Sara se mantuvo observando el contenido

de aquel cuaderno. Estaba increíblemente agradecida de que éste se hubiese salvado, casi toda su vida se encontraba ahí, y se sentía especialmente aliviada de hallar intacto aquello que había guardado en las páginas finales: un tallo y pétalos secos de lo que algún día fue una rosa azul.

—Gracias —susurró Sara, luego de besar con cariño uno de los pétalos.

Luego de que pasaran algunas horas, no aguantó más y cayó profundamente dormida.

Cuando el Sol comenzó a salir y los rayos empezaron a golpear suavemente los árboles, Sara y Dalia ya tenían el vagón listo para partir.

—Dalia, todavía… ¿aún quieres volver al pueblo?

Dalia dio una manzana a uno de los caballos y, sin voltear a ver a Sara, respondió:

—Será mejor si no lo hago.

Sara sintió como si un gigantesco peso se le quitara de los hombros.

—De acuerdo…

Las chicas subieron al vagón y Sara dirigió a los caballos hacia el camino que llevaba a Lieu Sacré.

—Esa era la criatura de tu sueño, ¿cierto?

Sara asintió.

—Es bastante extraño —comentó Dalia —. Aunque es

aún más extraño que ese monstruo pudiera causar tanta destrucción y muerte —Dalia bajó la cabeza—. Cuando me convierta en Dama Plateada lo buscaré, y no descansaré hasta dar fin a sus días.

Dalia apretó los puños con fuerza, Sara notó algo extraño en ella: una sed de venganza que nunca antes había visto.

—Supongo que es lo mejor…

Dalia suspiró y se concentró en ver los árboles que les rodeaban. Un horrible sentimiento de angustia y pesar la invadió y un nudo llegó a formarse en su garganta, mas no lloró. Debía ser fuerte, igual que Sara, ella muy pocas veces lloraba. Muy pocas veces demostraba lo que sentía, y para poder hacer eso se necesitaba una fuerza que ella se sentía incapaz de sostener.

—Llora si quieres —dijo Sara de repente—, es la mejor manera de desahogarse.

—No lo haré. Dices eso porque quieres intentar hacerme sentir mejor, pero sé perfectamente que tú nunca lloras.

—Y ese es exactamente mi problema… —Sara suspiró y dio un rápido vistazo a Dalia—. Llora, estoy contigo para reconfortarte.

Dalia se negó con la cabeza, y, aunque quiso contener sus lágrimas un poco más, estas lograron salir. Esta vez, Sara hizo algo que no había tenido la oportunidad de hacer desde hacía algún tiempo: cantarle una canción de cuna. La canción que su padre solía cantarle antes de desaparecer. Era suave y melodiosa, una canción que se escuchaba preciosa saliendo de los labios de Sara.

Aquel sonido relajó a Dalia hasta los huesos. Desde siempre había tenido ese efecto en ella, hacía que dejara todo de lado y se concentrara en escuchar cada una de las notas con total

atención. La voz de Sara podía ser perfectamente comparada con la de una sirena.

Como el camino que conectaba Humatsu con Lieu Sacré era solamente utilizado por los mercantes y algunos pocos viajeros, Sara y Dalia no tuvieron problema en ir a una gran velocidad o en dejar el carruaje en medio del camino para descansar y acampar en la orilla.

El viaje fue tranquilo y silencioso, principalmente para Dalia. Ella pensaba que sólo aquellos que se habían quedado llorando toda la noche conocían aquel extraño sentimiento de paz que viene después.

Así fue como transcurrió el tiempo, hasta que, en la tarde del segundo día, los árboles del bosque comenzaron a ser cada vez menos y la ciudad se pudo apreciar a lo lejos.

—Si todo sale bien, para dentro de tres horas ya estaremos en Lieu Sacré.

Un breve destello de emoción cruzó los ojos de Dalia al escuchar esto.

&&&

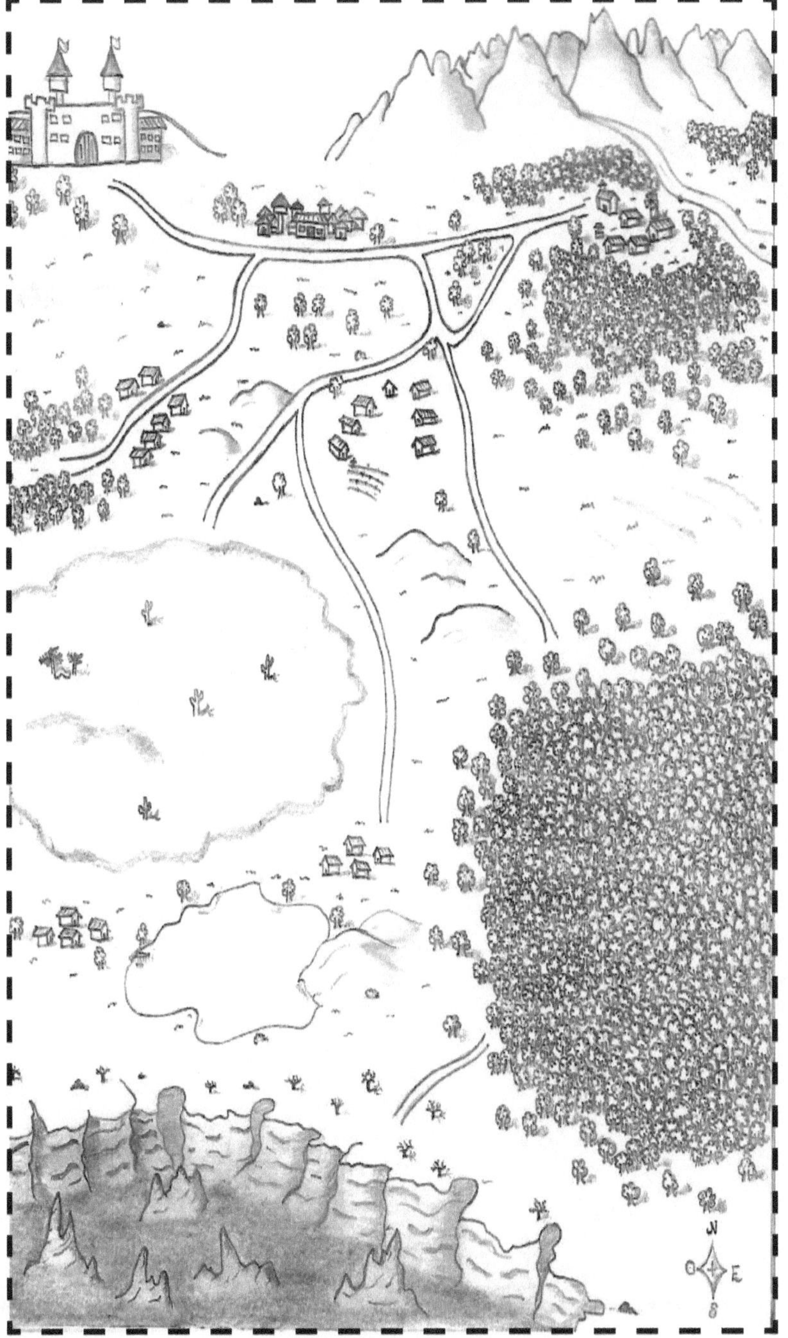

N
O
E
S

Historia de una hechicera

Aquella era una ciudad verdaderamente pintoresca: niños y niñas corriendo y jugando, personas caminando de un lugar a otro, grandes casas con jardines bonitos, comercios y productos llamativos, hermosas fuentes en algunas partes del lugar y, lo que más les gustó: calzadas que hacían ver a la ciudad aún más elegante. Todo esto combinado con el rosado y anaranjado del atardecer.

—Ahora debemos buscar una posada y un establo donde dejar los caballos —dijo Sara, explorando el lugar con la mirada.

Pero Dalia parecía estar tan maravillada que no le prestó atención. Aunque eso no importó, pronto los caballos tuvieron lugar de reposo y las chicas encontraron una habitación donde quedarse, no era una muy grande, pero sí acogedora. Había dos camas individuales, dos mesitas de noche pequeñas y velas que iluminaban el lugar. Lo mejor de todo era que se encontraban en un segundo piso, por lo que al abrir las ventanas ambas tuvieron una hermosa vista de la ciudad.

— ¿Tenemos que hacer algo ahora? —preguntó Dalia, pensando en que era temprano.

—Dormir. Extraño acostarme sobre una cama. Mañana saldremos a explorar la ciudad y buscaremos empleo.

—De acuerdo.

Dalia soltó su largo cabello, colocó su collar sobre la mesita y se acostó sobre una de las camas. Sara se peinó y fue apagando una a una las velas hasta que la habitación se sumió en una plácida oscuridad.

Aquella no fue una noche enteramente tranquila, puesto que recuerdos inundaban sus cabezas, hiriéndolas; pero al menos pudieron descansar.

Al día siguiente, cuando salieron de la habitación, lo primero que hicieron fue admirar de cerca una de las fuentes: la más grande de todas, aquella que estaba justo en el centro de la ciudad. Múltiples y delicados detalles invadían su parte externa, y en medio de ella había una preciosa estatua de una mujer joven con dos grandes alas y un arco y una flecha que apuntaba al vacío, de donde salía el agua para caer de nuevo dentro de la fuente.

Lo que a Dalia más le llamó la atención fue que aquella elfo tenía tallado un collar con el símbolo de un sol y una luna.

—Esta fue una fuente hecha por elfos —informó Sara—. Leí que los seres mágicos nos habían hecho diferentes regalos antes de que los humanos los obligáramos a vivir ocultos en el bosque.

Dalia levantó las cejas, interesada.

—¿Y qué es lo que dice ahí? —preguntó, señalando una placa que estaba a los pies de la estatua.

—Ese es el código de los elfos —respondió Sara, analizando aquella extraña simbología—, ningún humano ha podido entenderlo jamás.

Luego de admirar la estatua por un rato más, las chicas pasaron a un acogedor local donde pudieron desayunar. Después continuaron su paseo por las alegres calles de la ciudad. Dalia, de vez en cuando, comenzaba a correr, y obligaba a la otra joven a ir a su paso tomándola de la muñeca.

Dalia estaba tan emocionada, tan alegre… Sara deseaba con todo su ser que su amiga pudiera estar así para siempre, sin pre-

ocupaciones ni problemas. De esa forma, ambas podrían vivir felices y tranquilas.

Así fueron pasando los últimos dos días que tenían libres antes del torneo. Caminaron de un lado a otro sin poder evitar sorprenderse con lo que veían, tratando de encontrar alguna oferta de empleo; pero ¿quién contrataría a dos chicas de dieciséis años que no sabían hacer mucho aparte de luchar?

Pensando en la posibilidad de no ganar el torneo y viendo que ellas no sabían preparar pan ni cuidar bien ganado, cada una tomó un caballo y se resignó a hacer lo único que podían hacer bien: cazar.

Rápidamente volvieron al bosque, amarraron los caballos a un árbol, lograron acorralar a un hermoso conejo y, luego de un disparo, regresaron con él a la ciudad.

—Dos monedas de plata —fue la oferta del carnicero, luego de inspeccionar al pobre animal.

— ¿¡Disculpa!? —por supuesto, Sara tuvo que reclamar—. Estamos hablando de un conejo adulto perfectamente desollado y con una única herida, que es la de la flecha. ¡Vale al menos cinco monedas de plata!

El carnicero dio otra rápida inspección con la mirada y dijo:

—Entiendan que aunque hayan hecho un excelente trabajo, también debo pagarle a personas que tienen familias que mantener. Tres monedas de plata, no ofreceré más.

Dalia abrió la boca para reclamar ella también; sin embargo, en un movimiento rápido, Sara tomó las tres monedas que estaban sobre el mostrador, agarró a su amiga de la muñeca y la obligó a salir del lugar.

—No valía la pena —aseguró Sara, al notar la duda en los ojos de Dalia.

Las chicas buscaron una calle que no estuviese muy concurrida y tomaron asiento sobre una acera, tratando de buscar otra cosa a la que se pudiesen dedicar. Al rato, Sara se dio cuenta de algo:

—¿Sabes? Hemos preguntado en muchísimos locales, pero no nos hemos ni acercado al lugar donde seguro nos darían trabajo.

—¿Cuál es ese lugar?

Sara suspiró. Sabía que no iba a ser muy agradable, pero era la única opción que les quedaba.

Una campanilla sonó en el momento en el que abrieron la puerta, llamando la atención del hombre que estaba tras la barra. Dalia recorrió el lugar con la mirada, intentando ocultar su desagrado: era un tanto lúgubre y no parecía muy higiénico. Había unas cuantas mesas de madera y unas bancas puestas frente a la barra, la luz era tenue y el aire espeso, además se podía apreciar un olor desagradable.

—¿No somos muy jóvenes para trabajar en un bar? —preguntó Dalia, susurrando.

—Es nuestra única opción…

Las chicas cruzaron el bar, sintiendo las miradas de los hombres encima suyo. Muchas con notable perversión, otras un poco más disimuladas, pero ninguna que les hiciera sentir cómodas.

—Ustedes son muy jóvenes como para venderles licor —dijo el hombre de la barra cuando estuvieron frente a él—, aunque si me dan un pago extra les serviré lo que pidan.

—No venimos a consumir sus bebidas —aclaró Sara—. Estamos buscando trabajo.

— Ya veo… —El hombre examinó a las chicas con la mirada y luego dio un vistazo al lugar—. Este local está cada vez más sucio, y no tengo mucho tiempo para limpiarlo. Si ustedes vienen cinco días a la semana, mantienen en orden el lugar, y me ayudan a servir las bebidas, pagaré cinco monedas de oro diarias a cada una. Si los bebedores llegan a darse cuenta de que hay dos caras bonitas trabajado aquí la clientela aumentará notablemente.

Sara frunció el ceño al escuchar el término «caras bonitas», pero no dijo nada, simplemente se detuvo a analizar aquella oferta: con diez monedas de oro diarias podrían pagarse tres comidas y una habitación para descansar, y, si salían a cazar de vez en cuando, podrían ahorrar algo de oro para el futuro. Y quizá, junto con el oro que les había dejado Alice, en unos años podrían comprar una pequeña casa y comenzar a establecerse.

Por supuesto, el trabajo no sería agradable, pero era mejor eso que nada.

—Pronto asistiremos al Torneo de los Siete Fénix, por lo que le informaremos de nuestra respuesta el día después del torneo.

—Piénsenlo bien, estaré esperando.

Sara asintió con la cabeza y dio media vuelta para dirigirse a la puerta, pero Dalia la detuvo tomándola del brazo.

—¿Qué pasa? —preguntó Sara, luego de ver que la mirada de su amiga se mantenía clavada en uno de los hombres que estaba a unas mesas de distancia.

—Pon atención a su conversación.

A pesar de las voces y las risas que se escuchaban a su alrededor, Sara pudo identificar las palabras de aquel hombre:

—… Tarem asegura que fue la Dragona Blanca, pero eso es imposible. Ella murió después de la Guerra.

—Han estado hablando del monstruo volador—susurró Dalia.

Sara ni siquiera pensó bien su siguiente movimiento, se acercó a la mesa donde estaba aquel hombre y se colocó justo al lado de él.

—Pero miren, ¿qué hace una jovencita tan bella en un lugar como este?

—¿Cuál es su nombre? —preguntó Sara, sin rodeos.

—Vaya…, qué directa, aunque eso me gusta… Llámame Rimner.

Sara rodó los ojos al ver que una sonrisa juguetona se asomaba por la espesa barba grisácea de Rimner.

—¿Qué fue lo que le dijeron de esa Dragona Blanca y quién se lo dijo?

—No mucho, según dicen la Dragona Blanca apareció. Es una teoría descabellada inventada por Tarem, uno de los mercaderes. Pero nunca le haga caso, él suele decir muchas locuras y cree ver el destino de los demás con sólo mirarles.

—¿La Dragona Blanca? ¿Quién es ella?

Rimner y el resto de hombres que estaban en la mesa comenzaron a reír al escucharla.

—Sólo una persona que se desconectó del mundo hace más de cien años no sabría quién es la Dragona Blanca —respondió Rimner, entre risas.

—Pues de donde yo vengo hemos estado prácticamente desconectados del exterior casi desde que el pueblo fue fundado —explicó Sara.

—¿Ah sí? ¿De dónde son?

—De Humatsu.

—¿Humatsu? —Rimner llevó otro trago de cerveza a su boca y trató de recordar—. ¡Ah, claro! El hogar de los cultivos, el pueblo perdido entre los árboles… Ya entiendo.

—Explíqueme qué es todo eso de la Dragona Blanca —ordenó Sara, sin vacilación alguna.

—Yo no estoy para explicar esas cosas —respondió Rimner, apartando su mirada de Sara —. Hable con Tarem, él y los demás mercaderes estarán aquí para cuando el Sol se ponga.

Sara dio las gracias y salió del lugar seguida de Dalia.

—¿Hablaremos con Tarem? —preguntó Dalia, curiosa.

Sara se encogió de hombros.

—No perdemos nada haciéndolo. Vamos a comer mientras esperamos a que llegue.

Al salir del local en el que se habían detenido a comer, lo primero que Sara y Dalia vieron fue un alboroto en la ciudad: niños y adultos caminaban a toda prisa hacia la plaza de Lieu Sacré. Guiada por la curiosidad, Dalia tomó a su amiga de la muñeca y siguió a las demás personas.

Luces, carpas de colores, hombres mostrando diferentes objetos, productos extraños, bebidas raras; todo eso se podía observar en la gran plaza, donde las personas caminaban de un lado a otro comprando y vendiendo.

—¡Los mercaderes! —exclamó Dalia, emocionada.

Los ojos de Sara brillaron al comprobar lo que su amiga decía. El ambiente de ahí era alegre y festivo, típico del lugar donde los recién llegados se detenían a vender.

—¿Cómo se supone que encontraremos a Tarem? Hay de-

masiada gente y aún más carpas.

—Simple —Sara se encogió de hombros—, preguntemos.

Sin soltarse del agarre de Dalia, Sara se dirigió a la carpa más cercana, desde donde se podía ver una mesa de madera con toda clase de broches y collares.

—Bienvenidos a La Joyería Andante de Tiffa —saludó la mujer de la carpa—. Tengo toda clase de alhajas, díganme, ¿como qué están buscando?

—En realidad, solo queríamos preguntar por Tarem. ¿Lo conoce?

—Ah…, claro. Un loco como ese no es difícil de encontrar. Busquen una carpa color índigo, es la única que hay de esa tonalidad —. Tiffa sonrió amablemente y luego fijó su mirada en las gemas de las chicas—. Esos son unos lindos collares, ¿no los venden?

Dalia llevó su mirada al sol que colgaba de su cuello. Aquella era una gema preciosa, y posiblemente con el dinero que ganarían de la venta de los collares podrían incluso comprar una casa. Sin embargo, antes de que Dalia pudiese decir algo, Sara respondió:

—Lo siento, pero no están a la venta. Gracias por ayudarnos.

Antes de que alguien pudiese decir algo más, Sara comenzó a recorrer las demás carpas, llevándose a Dalia consigo.

—Pudimos haber hecho un buen negocio, ¿sabes?

Sara se detuvo un momento al escuchar a Dalia, pero sin decir nada siguió su camino, buscando con la mirada la carpa de Tarem. Dalia tomó con mayor fuerza la muñeca de su amiga y continuó caminando con ella, admirando desde atrás cómo su

oscuro cabello bailaba de un lado a otro en cada paso.

¿Por qué ella siempre era así? ¿Por qué Sara era la que siempre tomaba las decisiones para luego guardarse sus razones?

—Aquí es —avisó Sara, sacando a Dalia de sus pensamientos.

Dalia quiso observar la carpa por un pequeño momento, pero Sara no la dejó, puesto que, antes de que se diera cuenta, Sara la había jalado a al interior.

Adentro no había mucho, solamente unos cuantos muebles de madera, mesas con libros y pergaminos y otra mesita redonda en el centro con dos candeleros que iluminaban el lugar y unos cuantos libros. También, sentado a la mesa, había un hombre mayor escribiendo.

—Buenas noches —saludaron ambas, llamando la atención del hombre.

Aquello, sinceramente, fue una sorpresa para ambas chicas: él tenía un largo cabello blanco y una espesa barba del mismo color, la edad había dejado marcas en su rostro, sus huesudas manos temblaban ligeramente, y sus ojos… eran uno, de un verde claro, el otro, de un azul intenso.

—¿Es usted Tarem? —preguntó amablemente Dalia.

—Pues, así me llaman —respondió el viejo, dejando la pluma de lado —, mas seré quien ustedes crean que soy. ¿En qué puedo ayudarles?

—Hace unas horas hablamos con un conocido suyo, Rimner. Él nos dijo que usted podría explicarnos algunas cosas sobre la conocida Dragona Blanca.

Tarem acarició su barba y se apoyó sobre el respaldar de su silla.

—Son de Humatsu, ¿cierto?

Ambas asintieron con la cabeza, un poco extrañadas.

—Entiendo… Pues, veo su historia.

Las chicas lo miraron fijamente y tomaron asiento en dos sillas que se encontraban frente a Tarem y el hombre comenzó a narrar:

—Hace muchos, muchísimos años, en la época en la que los dragones aún vivían y las criaturas mágicas coexistían con los humanos, nació una joven hechicera. Ella, cuya especie era la humana, fue instruida desde pequeña en una escuela de magia, donde se enseñaba a utilizar este arte para el bien. La avaricia fue adentrándose en su mente hasta que quiso convertirse en la bruja más poderosa. Quería ser la hechicera más fuerte de todos los tiempos, quería aparecer en libros y canciones como un ser al que nadie había logrado derrotar, así que realizó toda clase de hechizos con magia negra y, para estar segura de haber llegado a la cumbre del poder, ejecutó un ritual donde extinguió a los pocos dragones que quedaban para utilizar su sangre como alimento de su poder.

Así fue como logró convertirse en dragona, siendo la única de su especie en todo Asumajikku. Destrozó ciudades e incluso reinos enteros, y para nuestra mala suerte logró crear un hechizo que le ha permitido vivir eternamente. Múltiples ejércitos trataron de detenerla, pero cada intento fue en vano. Un dragón ya era bastante difícil de vencer, ahora imaginen una dragona que utiliza magia negra, era imposible.

Por años todo estuvo bien para ella, hasta que los elfos lograron mantenerla lejos del reino por medio de un hechizo; sin embargo, esto no fue un éxito total, pues con el tiempo ha logrado encontrar la forma de regresar por algunas horas cada

año. Y un par de horas son más que suficientes para que ella dé rienda suelta a su maldad.

Los dioses, hartos de ver tanta destrucción y crueldad, decidieron intervenir al fin y El Destino avisó a los seres mágicos mediante una profecía, que finalmente la hechicera podría ser tomada por La Muerte.

Desde entonces, la dragona no ha tenido más opción que intentar evitar que la profecía se cumpla, así que en cada oportunidad busca a aquellos a quienes El Destino señala que podrían acabar con su vida. Y así ha pasado sus días, yendo contra la voluntad de los dioses, una vez al año, planeando la forma de contradecirlo a Él.

El silencio reinó por algunos segundos, hasta que Dalia se atrevió a preguntar:

—Esa profecía… ¿podría compartirla con nosotras?

—Me temo que no —respondió Tarem—. Fue una profecía escrita por un elfo después de la Guerra Contra las Bestias, y como hace mucho perdimos contacto con ellos realmente dudo que algún humano la conozca.

Dalia suspiró, desilusionada.

—Pero ¿a qué se debe su curiosidad? —Tarem las miraba fijamente—. Muy pocas personas preguntan sobre una criatura como esa. De hecho, sólo las personas que han vivido a un ataque de ella realmente creen que existe; y es muy poca gente la que llega a sobrevivir a uno de ellos.

Dalia volteó a ver a Sara quien se encogió de hombros, por lo que Dalia respondió:

—Humatsu fue…

—Ah claro —interrumpió el viejo—. Lo siento, lo había olvidado.

Ambas voltearon a verse, confundidas.

—He escuchado algunas cosas —dijo Tarem, como si hubiese leído sus pensamientos—, son afortunadas de estar aquí.

—Ni tanto —expresó Sara—, Ella es cruel por llevarse a quienes aún no debían morir.

—No no. Ella no es cruel —aclaró Tarem—, La Muerte sólo hace su trabajo. Quien es realmente cruel es la dragona por obligarla a tomar a los pueblerinos de Humatsu. Y, alguien que comete un delito como ese, debe ser eliminado de Asumajikku.

Una sonrisa apareció en el rostro de Tarem, quien colocó un extraño pergamino frente a las chicas.

—¿Qué es esto? —preguntó Dalia, tomando el pergamino.

—Es un mapa en el que se especifica dónde se encuentra encerrada la Dragona Blanca.

Sara frunció el ceño, extrañada.

—¿Y para qué nos lo entregas? —preguntó.

—Habilidades como las suyas no deberían ser desperdiciadas en un torneo innecesario como lo es el de los Siete Fénix.

—¿Entonces sabes que participaremos en el torneo? —interrogó Sara, con el ceño fruncido.

Tarem clavó su mirada en los plateados orbes de Sara, examinándolos. Aquellos ojos, uno tan diferente del otro, a Sara le resultaban demasiado exóticos como para quitar la mirada. Aparte de su color, parecían ser una extensa bodega de secretos. Luego de unos segundos, Tarem rompió el contacto visual, tomó su pluma y continuó escribiendo.

—Pueden llevarse el pergamino si quieren —fue lo único

que respondió.

—Pero…

—Será mejor que se vayan —dijo él, interrumpiendo—. Hay muchas cosas interesantes en las demás carpas que les podrían gustar.

Las chicas compartieron una rápida mirada de confusión y salieron agradeciendo la información.

—Este tipo está algo loco —comentó Sara.

—Tal vez un poco, aunque estoy segura que todos lo estamos.

Sara esbozó una débil sonrisa, sin saber que Dalia había guardado aquel pergamino.

Las chicas estuvieron un rato más en la plaza, quedando admiradas con la cantidad de cosas nuevas que pudieron ver. La verdad, Sara se lamentó de no haber tenido dinero suficiente para comprarle algo a Dalia, aunque se propuso que ganaría todo el dinero posible para al menos darle una buena vida.

Al llegar a la habitación de la posada, la cual habían logrado alquilar por varios días, Dalia se dejó caer pesadamente sobre la cama e inspeccionó el mapa que Tarem les había entregado.

—¿Qué es eso? —Sara se acercó a ella y arrebató el pergamino de sus manos—. ¿Para qué lo guardaste?

—Tú… ¿no pensaste en lo que Tarem dijo? La verdad, la idea de buscar a la Dragona Blanca me tienta…

—¿¡Disculpa!? —Sara enrolló el pergamino y con éste golpeó la cabeza de Dalia—. ¿Estás pensando en lo que acabas de decir? ¡Es peligroso!

—Por culpa de esa criatura perdí a mis padres, a mi pueblo y hogar, ¡perdí mi vida! Y ahora no sabes las ganas que tengo de que ella también pierda la suya.

Sara suspiró. De nuevo, Dalia tenía aquella extraña mirada, una que exigía venganza.

—¿Y cómo se supone que harás un viaje tan largo como ese? —cuestionó Sara.

—Yo… no lo sé…

Sara negó con la cabeza y abrió el pergamino nuevamente.

—¿Qué pasa si mueres en el intento?

—Nada. Dejaría de sufrir, de ser una carga, y al menos habría muerto persiguiendo un propósito.

—¿Y si ganas? ¿Qué harías después de asesinar a esa criatura?

—No… No estoy segura.

Sara levantó la mirada y se quedó en silencio un momento, pensando. Luego, volteó a ver a su amiga y, no muy segura, dijo:

—Hace mucho prometí apoyarte en todo, iré contigo.

Dalia sonrió al escuchar eso.

—¿De verdad?

—Jamás te dejaría sola… Esto suena peligroso, prácticamente imposible; pero, para dos jóvenes a las que les han arrebatado todo, se vale dejar la razón de lado y buscar un destino… Descansemos unos días y preparemos todo para partir tan pronto como se pueda.

&&&

Visita a Kortaffelenompostaria

—¿Sabías que hoy es el ciento dieciséis aniversario de la victoria en la Guerra Contras las Bestias?—comentó Sara, mientras desayunaban.

—¿De verdad? ¿No es que aquí hacen un festival en la noche para celebrarlo?

Sara asintió con la cabeza.

—¿Podemos ir? —preguntó Dalia.
—No, debemos descansar.
—Awww por favor, al menos un rato —suplicó Dalia—. Tal vez luego no tengamos oportunidad de disfrutar de algo como eso.
—Ya dije que no —respondió Sara, con voz firme—. Mañana tenemos que levantarnos temprano.
—Por favor.

Dalia tomó el brazo de Sara y comenzó a agitarlo, molestándola.

—¡Está bien, está bien! Pero iremos un pequeño rato.

Dalia dio un pequeño salto de alegría y abrazó con fuerza a Sara.

—¿Podrías soltarme ya? —preguntó Sara, luego de unos

minutos de estar rodeada por los brazos de Dalia.

—No, déjame abrazarte un poco más.

Si hubiesen estado en otra situación, de seguro Sara hubiese apartado a Dalia; pero, después de las cosas que habían pasado, decidió no decir nada.

Horas después la música empezó a escucharse por todo Lieu Sacré. Había toda clase de lámparas de colores que iluminaban la plaza, hombres y mujeres tocaban distintos instrumentos que animaban el ambiente, deliciosas comidas desprendían un exquisito aroma abriendo el apetito de los transeúntes, personas de todas las edades bailaban al son de la música.

Dalia corrió a comprar algunos pinchos de carne para ella y Sara y juntas se quedaron por ahí a observar a la gente bailar. Alrededor se podía ver cómo jóvenes cortejaban a muchachas y como éstas coqueteaban con ellos.

Sara y Dalia no hubiesen sido la excepción, de seguro ya muchos jóvenes hubiesen intentado acercarse a ellas, pero la espada que colgaba del cinturón de Sara y su mirada asesina les dejaba claro que era mejor no hacerlo.

—Quita esa mirada de amargada, Sara —le dijo Dalia, en tono de regaño—, ¡intenta sonreír y disfruta un poco!

Sara bajó la vista al escuchar aquello, aunque pronto la volvió a posar en silencio sobre las personas que bailaban.

—Ya sé qué puede animarte un poco…

—¿En serio? —preguntó Sara, sin prestarle mucha atención.

—Sí, ¡bailar!

La sorpresa invadió el rostro de Sara, quien inmediatamente soltó un «ni lo pienses». Pero ya era tarde, Dalia había tomado las muñecas de su compañera de viaje y la había obligado a

dirigirse al centro, donde bailaban todos los demás.

—Imagina que estás en una batalla —le aconsejó casi gritando para que su voz se escuchara por encima de la música.

Sara frunció el ceño, bastante molesta; sin embargo, su enojo no tardó mucho en esfumarse. Ver a Dalia tan alegre, con sus facciones totalmente relajadas, su amplia sonrisa y sus movimientos delicados que intentaban hacer que bailara la conmovieron… no tuvo más opción que dejarse llevar por la música.

Por desgracia, aquel precioso momento de felicidad duró muy poco. Una brisa helada sopló fuerte, apagando toda fuente de luz. En ese instante la música se detuvo y todo ser vivo guardó silencio. Espantosos y desgarradores gritos comenzaron a escucharse desde lejos, haciéndose cada vez más fuertes.

—Ten una flecha preparada —ordenó Sara, desenvainando su espada. Dalia recogió su arco del rincón donde lo había resguardado.

—No creo que yo pueda ser de gran ayuda…

—¡Solo hazlo! —le ordenó, con mayor firmeza—, y procura mantenerte a mi lado…

Dalia asintió. Con manos temblorosas, sacó una flecha de su aljaba y preparó su arco.

Padres y madres corrieron a tomar a sus hijos entre sus brazos y algunos otros buscaron un lugar donde ocultarse. Los gritos se volvían cada vez más fuertes, más cercanos, pero no podía distinguirse lo que los producía.

Hasta que de pronto, horribles criaturas comenzaron a aparecer en el cielo. Se trataba de seres de al menos un metro de alto, sin nariz ni labios y dos cuencas vacías donde se suponía debían estar sus ojos. Su piel, que estaba completamente pegada a los huesos, era de un extraño color grisáceo, y de la mitad del cuerpo hacia abajo tenían lo que parecía ser la cola de un

fantasma. Además, las criaturas poseían grilletes en sus cuellos y muñecas, con largas cadenas que llevaban arrastradas.

Ahora, los gritos de horror de los ciudadanos se unieron al coro de las criaturas. Las personas estaban en pánico, buscando escapar desesperadamente de aquellos seres, pero no muchos lo lograron.

Las manos de Dalia empezaron a temblar bruscamente y su piel comenzó a empalidecer. Varias veces quiso disparar la flecha que tenía preparada, pero su cuerpo no quería obedecer.

Al principio, Sara se estremeció al ver a cientos de esos seres asomarse por los techos de las casas y aparecer por los oscuros callejones; sin embargo, no retrocedió. Tomó su espada con fuerza al verlos acercarse y se colocó en posición de ataque, pero pronto dejó caer sus brazos al ver que esas criaturas pasaban a su lado, como si ellas no estuviesen ahí.

Vio de cerca a aquellos horribles bichos volar, con su espantoso coro de lamentos y sus manos huesudas buscando alguna víctima.

—Dalia —Sara volteó a ver a su amiga, quien temblaba de pies a cabeza—. Dalia mírame —Sara tomó el mentón de Dalia y la obligó a mirarla de frente—. Cálmate, no harás nada con asustarte. Ayúdame, dispara.

Dalia mantuvo su mirada clavada en los ojos de Sara un leve momento, asintió y, aún temblando, apuntó a una de esas criaturas y disparó. Pronto Sara se unió a Dalia y comenzó a agitar su espada de un lado a otro; pero tenían un gigantesco problema: cada vez que lograban atravesar con su arma a una de esas «cosas», ésta se volvía polvo y pronto retomaba su figura para continuar con su afán.

—¿Qué son estos seres? —se preguntó Sara en voz alta, mientras veía a uno de ellos alejarse velozmente.

—Almas perdidas, querida —respondió una voz femenina.

Una voz que ciertamente les resultó familiar.

De repente, alguien (o algo) haló de las cadenas que tenían las criaturas, dándoles la orden de conservar sus lugares. Y entonces, de las sombras, apareció una mujer. Tenía la piel morena, el cabello castaño recogido en un moño y los ojos azul oscuro. Era Tiffa, la mercader que vendía las alhajas en la carpa. En su mano derecha, sostenía una gran argolla de hierro, donde tenía todas las cadenas de las almas sujetas.

—¿Acaso nunca habías escuchado hablar de ellas? —preguntó Tiffa, con total tranquilidad.

Sara negó con la cabeza y, sin apartar la vista de la mujer, se acercó a Dalia, colocándose frente a ella con la intención de protegerla.

—Bien, entonces les mostraré lo que pueden hacer.

La mujer hizo varias señas con su mano y pronto dos de aquellas almas se acercaron, trayendo en sus esqueléticos brazos a un pobre niño paralizado. Las criaturas dejaron al pequeño frente a la mujer y rápidamente se alejaron, como si le tuviesen miedo.

Tiffa realizó otra veloz señal y otra alma perdida se acercó al niño, lo sostuvo por los hombros y abrió su deforme boca para absorber algo que había dentro del crío. Pronto, el cuerpo del pequeño cayó, inerte, mientras una réplica suya de color blanco trasparentada iba saliendo de su cuerpo. Era su alma.

Otra rápida señal de la mujer hizo que tres grilletes saltaran de la oscuridad, tomando las muñecas y el cuello del alma del niño antes de que ésta siquiera pudiese moverse. Por más que el alma del niño intentó escapar no lo logró. Había quedado atrapada junto a las demás.

—Ah… Las almas… —Tiffa suspiró—. Al principio son iguales a su dueño físicamente, ciertamente hermosas, rebeldes y no obedecen. Con el tiempo su figura se vuelve lúgubre, olvidan quiénes son o a dónde van y cumplen cada una de las órdenes que les son dadas; de ahí que se les llame almas perdidas. ¿No son una maravilla?

Dalia quedó paralizada ante aquel espectáculo. Se dio cuenta de las cientos de almas perdidas que las rodeaban y, ante el miedo de tener aquel mismo final, soltó su arco y su flecha y se dejó caer de rodillas, mientras las lágrimas humedecían su rostro.

Sara se mantuvo firme, sosteniendo su espada con fuerza. Pasara lo que pasara, iba a defender a Dalia hasta el final.

—No se preocupen, ellas no van a atacarlas —aclaró Tiffa, al notar el miedo en los ojos de Dalia—. Nos iremos en cuanto nos entreguen los collares.

Sara tomó con delicadeza la gema azul que colgaba de su collar y se atrevió a preguntar:

—¿Para qué los quiere?

—Bueno…, podría venderlos a un precio bastante alto, compraría la mitad del reino con ese dinero.

Sara observó a su alrededor: al menos una docena de cadáveres yacía sobre el suelo, y una cantidad mayor de almas «frescas» intentaban escapar de las cadenas que ahora las ataban.

—Estos collares jamás valdrían las vidas que has robado —le hizo ver Sara, con tono de reproche.

Tiffa rió a carcajadas; pero, al notar la seriedad en la mirada de Sara, se detuvo.

—Espera, ¿lo dices en serio? —preguntó la mujer, borrando la expresión burlona de su rostro—. ¿No lo saben?

Tiffa avanzó unos pasos y, al ver la mirada de confusión de Sara, sonrió.

—No lo saben —esta vez no fue una pregunta—. Esto pone las cosas mucho más fáciles.

Tiffa hizo otra señal con su mano y todas las almas perdidas se lanzaron sobre las chicas. Sara, sabiendo que jamás podría ganar esa batalla, rápidamente soltó su espada y se arrodilló para abrazar a Dalia. Cuando ambas creyeron que ese sería su fin, un extraño escudo traslúcido color ámbar apareció, impidiendo que las almas pudieran acercarse a ellas.

Tiffa presionó los puños al ver esto e inmediatamente ordenó que comenzaran a golpear el escudo hasta romperlo.

Desde adentro de aquel extraño campo de fuerza, ambas jóvenes pudieron ver perfectamente cómo aquellos seres golpeaban una y otra vez el escudo que las protegía. No sabían qué hacer, cuánto tiempo iban a tener que estar ahí o por cuánto más el escudo las protegería. No había nada que pudiese darles una respuesta, excepto una extraña esfera de luz que apareció de la nada, rompiendo varias de las cadenas que sostenían a las almas.

Las almas liberadas huyeron al momento, y tanto Tiffa como el resto de las almas perdidas desviaron su atención hacia algún lugar en medio de la oscuridad, desde donde había saltado la esfera.

—¡Elfos! —gritó Tiffa, mientras agitaba las cadenas ordenando a sus almas prepararse para otro ataque.

Y de las sombras, tres elfos hicieron su aparición. Aquello

parecía ridículo, tres elegantes seres contra al menos cien horribles criaturas; pero, para suerte de las chicas, los elfos eran rápidos y ágiles, por lo que eran capaces de sortear los ataques.

Como aquel campo de fuerza seguía protegiéndolas, Sara y Dalia se quedaron inmóviles viendo la batalla. Aquellos elfos eran capaces de evadir hasta tres golpes a la vez y al mismo tiempo invocar extrañas esferas relampagueantes con las cuales liberaban las almas que los rodeaban.

De repente, una cuarta elfa apareció golpeando el lado exterior del escudo para llamar la atención de las chicas.

—Debemos irnos —dijo lo suficientemente alto para que su voz se escuchara dentro del escudo—. Síganme, tenemos muy poco tiempo.

Ambas chicas observaron a la elfa un momento y luego llevaron su mirada hacia Tiffa.

—Está paralizada —les anunció ella— aunque sólo por unos breves minutos. ¡Vámonos!

En ese preciso instante, el escudo que separaba a las chicas del resto del mundo desapareció. Al verse sin protección alguna, Sara no halló otra alternativa que tomar su espada y asentir con la cabeza.

Inmediatamente, aquella delgada figura de orejas puntiagudas comenzó a correr, seguida por Sara y Dalia. De forma rápida fueron alejándose del pueblo, hasta llegar a un prado donde, en medio de aquella oscuridad, Sara pudo visualizar los cuartos traseros de dos caballos.

—¿A dónde piensas llevarnos? —preguntó Sara.
—A Kortaffelenompostaria.

Sara abrió los ojos como platos, entre sorprendida y emo-

cionada. Dalia frunció el ceño y, susurrando, preguntó a Sara:

—¿Y qué es eso?
—La ciudad de los elfos…

La elfa montó sobre uno de los caballos e hizo señas a las jóvenes para que utilizaran la otra montura. Dalia subió primero y tomó las riendas, Sara se sentó atrás y se sostuvo de su amiga. No obstante, al hacerlo notó algo raro en ese «corcel»: tenía un par de alas a los lados, sus patas delanteras eran de águila y poseía un gran pico en lugar de hocico.

—¡Un hipogrifo! —exclamó Dalia, entusiasmada.

Sara abrazó con increíble fuerza a Dalia, atónita.

—Ellos saben la ruta, pero deben preocuparse por no caer —avisó la elfa.
—No, no, espera —suplicó Sara, al ver que las monturas comenzaban a moverse—. ¡Bájame, bájame!, ¡me quedaré aquí!

Pero ya era muy tarde, los hipogrifos habían empezado a desplegar sus alas para ascender velozmente.

Ambas jóvenes sintieron un espantoso vacío en el estómago a la hora de despegar. Sara inmediatamente cerró sus ojos con fuerza y cortó toda distancia con Dalia, apoyando su cabeza sobre el hombro de su amiga. Dalia sonrió y miró hacia el suelo, estaban al menos a cuarenta metros sobre tierra.

El viento golpeaba fuerte el rostro de Dalia, obligándola a tener sus ojos entrecerrados. Parecían llevar bastante prisa. Gritos espantosos se escucharon a lo lejos, seguro de almas perdidas persiguiéndolas; pero esto no podían saberlo, puesto que, entre aquella opacidad, les era casi imposible distinguir alguna cosa.

Pronto, los dos hipogrifos se adentraron a un oscuro bos-

que. A pesar de la altura que llevaban, se toparon con bastantes ramas que les indicaban que las copas de los árboles debían ser muy altas.

A Dalia le resultaba bastante difícil ver a su alrededor, de no ser por el brillo de las gemas ella no habría podido distinguir las gigantescas ramas que esquivaban con gran agilidad. Los hipogrifos parecían estar perfectamente conscientes de dónde estaban y hacia dónde debían ir.

Poco a poco, los animales comenzaron a bajar la velocidad, lo que hizo el vuelo mucho más tranquilo. Dalia sintió un leve temblor en el cuerpo de Sara y un agitado corazón latir a sus espaldas, mas se limitó a sonreír.

A lo lejos se vieron algunas luces que Dalia creyó se trataría de antorchas; sin embargo, al aterrizar, se dio cuenta de que eran una especie de burbujas de las que emanaba luz.

De hecho, si uno se acercaba lo suficiente podía darse cuenta de que realmente eran burbujas con una esfera de luz en el medio, que los elfos habían hechizado para que se mantuvieran flotando por el bosque, esperando encontrar alguna criatura que necesitara de su luz para guiarla.

—Ya puedes abrir los ojos —anunció Dalia.

Al hacerlo, Sara se maravilló con lo que vio a su alrededor: gigantescos árboles de al menos veinte metros de diámetro, con lo que parecían ser ventanas y puertas instaladas, extrañas bolitas de luz que iluminaban el lugar y caminos perfectamente marcados entre cada árbol.

—¿Dónde están los demás elfos? —preguntó Sara, extrañada.

—Apuesto a que muchos de ellos deben de estar durmiendo —respondió la elfa con una risita.

—No, hablo de los otros, los que llegaron a Lieu Sacré contigo.

El rostro de la elfa se ensombreció levemente, pero sin ninguna alteración en su voz contestó:

—No regresarán—. Hubo un corto silencio. Dalia abrió la boca para decir algo, pero la elfa la interrumpió—: vamos, nos esperan en el castillo.

La elfa realizó una leve reverencia a los hipogrifos en modo de agradecimiento, a lo que éstos respondieron inclinando sus cabezas para luego alejarse volando.

—Por cierto, mi nombre es Breta. Es un honor al fin conocerlas.

Sin decir más o esperar respuesta alguna, la elfa dio media vuelta y les indicó que la siguieran. Tomaron el camino más ancho que había, con algunas burbujas delante de ellas para iluminar su paso.

Caminando con tranquilidad, las jóvenes pudieron absorber cada uno de los rasgos de Breta: su piel tenía una textura extraña y su hermoso cabello castaño terminaba en ondulaciones. Sus ojos les llamaron la atención, uno era color ámbar, el otro, era morado. Además, una pequeña parte de su cabello estaba amarrado en una coleta, lo que permitía tener una perfecta vista de sus largas y puntiagudas orejas. También, en su brazo derecho había un precioso brazalete de oro con el símbolo de una pluma dibujado. El símbolo de la Consejera Real.

—¿Por qué nos ayudaron? —preguntó Dalia, más para romper el hielo que por otra cosa.

—Ha sido una orden de la Reina.

—¿Y cómo han sabido dónde estábamos?

—Es clasificado…

—¿Por qué la Reina ha pedido nuestro rescate?

—Porque las necesitamos.

—¿Para qué nos necesitan?

—Luego se darán cuenta.

—¿Pero por qué noso…?

—Basta de preguntas —interrumpió Breta, tratando de no levantar la voz—. No puedo darles mucha información aún.

Sara rió para sus adentros al ver el rostro de Dalia, parecía un perrito regañado con sus cejas curveadas, su cabeza gacha y sus brillantes ojos apenados por la molestia cometida.

Continuaron el camino en silencio hasta llegar a un enorme castillo. Ahí, las antorchas eran las que iluminaban el camino, por lo que las burbujas se devolvieron.

Las jóvenes se extrañaron al poder pasar sin ceremonia por los adornados pasillos de aquel castillo, a lo que Sara se atrevió a preguntar:

—¿Dónde están los guardias?

—A diferencia de ustedes, nosotros no necesitamos guardias aquí —explicó Breta—. Vivimos en paz desde hace más de cien años, no encontramos razón para buscar hacer daño al castillo o a nuestra Reina.

Pronto Breta y las dos chicas se encontraron en un gigantesco salón, con un precioso piso de mármol pulido, un gran candelabro con diamantes colgando del techo, una hermosa alfombra roja con adornos dorados y dos tronos de oro al fondo. Sobre uno de ellos descansaba la Reina.

—¡Breta! —la Reina se levantó del trono al ver a la elfa llegar—. ¡Pasaste demasiado tiempo afuera! Me tenías preocupada.

La Reina se acercó a Breta y la tomó por las mejillas, mientras que con la mirada buscaba alguna herida en ella.

—Estoy bien —dijo Breta, haciendo una profunda referencia—. Mis compañeros y yo hemos cumplido con nuestro objetivo. Aquí están ellas.

Dalia y Sara se presentaron respectivamente. La Reina las examinó con la mirada, sus grandes ojos oscuros parecieron brillar al encontrarse con los collares.

—Soy Crezso, reina de los seres mágicos, es un gusto conocerlas.

—El gusto es nuestro —respondieron ambas al unísono.

—Sé que deben tener muchas preguntas y les prometo responderlas cuando pueda, pero hoy no. Debo hablar con Breta sobre ciertos asuntos y supongo ustedes deben estar agotadas .

La Reina extendió su mano y pronto una pequeña hada de luz apareció frente a ella.

—Ella las guiará a las habitaciones que hemos preparado para ustedes. Descansen, mañana será un largo día.

El hada indicó a las chicas que la siguieran, las guió por un gran pasillo de paredes blancas y adornos dorados, hasta llegar a una puerta de madera que se abrió para que pudieran pasar.

Justo en el momento en el que Sara y Dalia entraron a la habitación, un candelabro se encendió de golpe, dando luz al lugar.

—Hay cosas aquí que parecen ser automáticas —comentó Dalia.

—Los elfos son expertos en magia, pueden hacer las cosas tan automáticas como quieran —respondió el hada con una sonrisa.

Aquella era una habitación bastante amplia, con una cama muy grande, un bonito escritorio, un candelabro colgando del techo y una estantería llena de diferentes libros, entre otros muebles y adornos.

—Esta es la habitación para Sara —indicó el hada—. Dalia, tú sígueme.

—No es necesario —dijo Sara—, ella dormirá conmigo.

El hada entonces hizo una reverencia y pronto abandonó la habitación. Dalia mantuvo una mirada de confusión, a lo que Sara agregó:

—No te dejaré sola en un lugar desconocido donde nos ha traído una elfa, de ninguna forma me parece algo seguro. Además, la cama es enorme, cabemos las dos.

Dalia se encogió de hombros. Realmente no le importaba mucho la situación. Sara examinó el lugar abriendo los cajones, tanteando las paredes y hojeando aquellos libros —aunque, para su desgracia, todos estaban escritos en el código elfo—. Más que curiosa, parecía inquieta.

—Es una suerte que hayan podido rescatarnos, ¿no crees? —comentó Dalia, sentándose sobre la cama.

—Eso creo…

—Y este lugar es maravilloso —agregó—. Kortaleffenon…

—Kortaffelenompostaria —le corrigió Sara.

—Este lugar —terminó diciendo Dalia, convencida de no poder pronunciar aquella palabra—, es tan mágico. No puedo esperar a ver las criaturas que viven aquí… ¿Crees que podamos quedarnos un tiempo?

Sara cerró el libro que tenía entre sus manos de golpe, pro-

vocando un leve eco en la habitación.

—¿Que no lo ves? Algo aquí no calza —Sara parecía cada vez más inquieta—. Tres elfos se sacrificaron por nosotras, nos salvaron de un ejército de almas perdidas y nos trajeron a su castillo, donde ningún humano ha puesto un pie después de la Guerra Contra las Bestias.

Sara esperó a que Dalia procesara sus palabras.

—Van a querer algo de nosotras —agregó—, y algo grande.
—¿Cómo lo sabes?
—Es un poco obvio —Sara suspiró, dejó el libro en la estantería y se acercó a la cama—. Eso lo verás mañana, por ahora descansemos.

Fue una fuerte necesidad fisiológica de descargar líquido la que despertó a Dalia. El candelabro produjo una luz tenue, apenas suficiente para iluminar el lugar pero no tanto como para molestar a quien aún dormía.

Dalia observó a Sara por un momento: estaba profundamente dormida con el mango de su espada entre las manos. En otro momento posiblemente hubiera despertado de golpe, incluso dormida estaba alerta de lo que sucedía a su alrededor, pero quizá esa noche estaba demasiado agotada.

Dalia salió de la habitación, encontrándose con aquel gran pasillo iluminado por lujosas antorchas. Como no sabía hacia dónde ir, se decidió por devolverse al gran salón del trono; quizá podría encontrar a Breta ahí.

Y claro, ahí estaba, o al menos eso pudo escuchar Dalia, puesto que desde el pasillo la oyó hablar con la Reina:

—... pero son demasiado jóvenes —Breta parecía agobiada—. No deben tener ni veinte años.

—Eso no las salvará de su destino.

Dalia sabía que espiar las conversaciones de los demás estaba mal, sin embargo la curiosidad era fuerte, así que se acercó un poco más y se quedó oculta tras una de las paredes, donde ellas no podían verla.

—¿Estás segura de que no podemos hacer nada para cambiarlo? —preguntó Breta, afligida.

—Tú, más que nadie, deberías saber que no hay forma de cambiar el destino, y Él no renovará su palabra sólo porque así lo queramos. —Crezso guardó silencio un momento y, con un tono casi maternal, agregó—: aunque claro, es difícil entenderlo. Antes yo también tenía ese halo de esperanza rodeándome. Lástima que con los años una se dé cuenta de que la esperanza no puede salvarnos de nuestro destino, sea éste cruel o no.

—No digas eso, Crezso. Y... sí, entiendo —Breta suspiró—, desde que nací me han dicho una y otra vez que las palabras de Ellos son irrefutables; pero...

—Pero nada, querida —interrumpió Crezso—. Entiéndelo de una sola vez: el destino de ellas se cumplirá lo queramos o no, no hay forma alguna de contradecir las palabras de los Dioses. Dime, ¿alguna vez alguien ha podido decirle que no a La Muerte?

—No...

—¿Y a El Destino?

—Tampoco, pero...

—Entonces no hay nada más qué decir. No importa cuán deseosa estés de que las cosas salgan bien, si La Muerte quiere, vendrá por el más justo de los humanos, y si a El Destino así le apetece, le escribirá el más cruel de los futuros a la persona más buena del mundo. Preocúpate por cuidar de los tuyos y tener una buena vida, lo demás deja que Él te lo susurre. ¿Él no ha vuelto a hablar contigo?

—Desde que me anunció del ataque de las almas perdidas

a Lieu Sacré no me ha dicho nada.

—Muy bien… Mejor ve a descansar, estoy segura de que tu cuerpo está deseando algo de reposo.

—Está bien.

Dalia escuchó los pasos de Breta caminando hacia el pasillo e inmediatamente trató de volver a su habitación, mas su incómoda necesidad le impidió moverse con rapidez, por lo que no había dado ni tres pasos cuando escuchó que alguien la llamaba:

—Hey, Dalia.

Ella dio media vuelta, con una sonrisa nerviosa.

—Ah… Hola Breta.

—¿Qué haces levantada a esta hora?

—… buscaba un lugar donde orinar —confesó, algo avergonzada.

Breta soltó una suave y corta risa.

—Cada habitación tiene un baño, ¿no te diste cuenta?

Dalia negó con la cabeza.

—Bueno, ahora lo sabes. Ven, te acompaño a la puerta de tu habitación.

Dalia se sonrojó levemente y juntas atravesaron el pasillo.

—¿Cuánto tiempo tendremos que estar aquí?

—Por favor, deja las preguntas para mañana. Prometo que encontrarás respuestas a eso y a muchas otras cosas más.

—De acuerdo…

Por supuesto, no tardaron en llegar a la habitación, cosa que Dalia agradeció.

—Buenas noches, Breta.

—Que tengas buena noche, Dalia. ¡Por cierto! —la elfa buscó en un bolso que llevaba a la espalda hasta encontrar una alargada flecha—, creo que esto es tuyo, lo dejaste en mi hombro la primera vez que nos vimos.

Dalia examinó la flecha, extrañada, y se dio cuenta de que, definitivamente, aquel objeto era suyo.

—No te preocupes, no hay rencores. ¡Buenas noches!

Dalia vio a Breta alejarse por el pasillo, bastante confundida, ¿por qué había guardado la flecha con la que la hirió? Prefirió pensar en eso más tarde, ahora tenía algo más urgente que hacer.

&&&

Relatos de una híbrida

Cuando Dalia abrió los ojos al día siguiente, se encontró con que Sara ya estaba levantada, bañada y lista para salir.

—Estas ropas comienzan a apestar —comentó Sara, al ver que su amiga había despertado—. ¿Crees que haya algún lugar donde lavarlas aquí?

Dalia abrió la boca para responder, pero, justo en ese momento, alguien tocó la puerta. Sara fue a atender, tuvo una breve conversación con una elfa y luego la cerró, sosteniendo algo en sus manos.

—¿Qué es? —preguntó Dalia, curiosa.
—Ropa… —más que agradecida, Sara parecía extrañada—. En el mapa de Tarem estaba escrito que si se encontraba la ciudad de los elfos hallaríamos a la dragona… así que ve a bañarte, quiero irme de aquí y encontrarla lo antes posible.

Dalia obedeció sin pensarlo y saltó de la cama para entrar al cuarto de baño. Al salir, su amiga quedó perpleja con lo que vio: Sara utilizaba un pantalón ajustado que llegaba por debajo de sus rodillas, una blusa de manga corta que dejaba a la vista su abdomen, unas zapatillas cafés y una coleta alta con adornos que parecían ser hojas reales. De no ser por sus orejas redondeadas, Dalia hubiese pensado que era una auténtica elfa.

—Esto es demasiado —escupió Sara disgustada.
—Pero te ves bastante bien, en especial teniendo el cabello amarrado.

—Me gusta mi cabello libre —respondió Sara, quitándose la cola y dejando caer aquella brillante cortina negra—. Trajeron ropa para ti también, sería bueno que te cambiaras esas sucias telas.

A diferencia de Sara, Dalia quedó encantada con aquellas ropas: una falda de pliegues que llegaba a la mitad de su muslo, zapatillas cafés, una blusa con varios adornos que simulaban hojas de maple y guantes especiales para la arquería. Además, utilizaba la coleta que Sara había dejado de lado hacía un momento.

—¿Me veo bien?

—No es importante mientras te sientas cómoda —dijo indiferente. Sara tomó su cinturón y envainó su espada—. Breta nos está buscando, vamos rápido para salir de esto pronto.

Dalia tomó su aljaba y su arco y juntas dejaron la habitación. Como no conocían ningún otro camino, las chicas se dirigieron al gran salón del trono. Allí se encontraron con Breta y Crezso, quienes detuvieron su conversación al verlas.

—Buenos días, Sara y Dalia —saludó la Reina, amablemente.

—Buenos días, reina Crezso —respondieron ambas al unísono.

—Esperamos que hayan podido descansar bien —expresó Breta.

—Sí, agradecemos las atenciones que nos han brindado —Sara hizo una leve reverencia—; pero, si no les molesta, preguntaré directamente por qué nos han traído aquí.

—Espera un poco, ¿quieres? —pidió Breta—. Ya nos encargaremos de responder eso, primero deberían comer algo.

—¿De verdad? —el rostro de Dalia pareció iluminarse—. ¡Qué bien! Muero de hambre.

Sara envió una mirada de confusión a Dalia.

—Entonces pueden pasar al comedor y pedir algo a los cocineros —respondió Crezso, con una sonrisa—. Breta, acompáñalas por favor. Hablaremos más tarde, alguien me está esperando.

Y, dicho esto, Crezso dio media vuelta y salió de la habitación.

—Las guiaré al comedor —Breta hizo algunas señas con las manos indicando que la siguieran.

Sara estuvo a punto de reclamar, ¿tan fácilmente evitarían responder algo tan importante? Mas, en ese momento, su estómago rugió con fuerza. Finalmente, se decidió por seguir a la elfa y comer algo, no perdería nada con eso.

&&&

El sonido de sus pasos revotaba en las paredes de aquella gigantesca cueva, formando un eco escalofriante. Las cientos de cadenas se arrastraban por el suelo, y los lamentos de aquellas almas perdidas acompañaban el metálico canto.

Tiffa sostenía una antorcha para poder iluminar aquel oscuro camino, aunque pronto dejó de necesitarla puesto que una fogata al final de la cueva iluminaba gran parte del lugar. Había una sección que quedaba totalmente oscura, lo que parecía ser un gigantesco agujero de unos veinticinco metros en la pared.

—He llegado, Gremna —anunció la mujer.

En ese instante, dos grandes lucecillas rojas se encendieron en medio de la oscuridad.

—¡Ah, Tiffa! —una voz femenina se escuchó desde la parte oscura—. Dime que traes buenas noticias, no habrás interrumpido mi sueño por nada.

—Para empezar… —Tiffa sonó algo nerviosa, por lo que tuvo que detenerse y aclarar su garganta—. Bueno, he traído comida para usted, aún está fresca.

Algunas almas se acercaron para dejar en el suelo, cerca de la parte oscura, tres cuerpos inconscientes.

—¡Elfos! —exclamó Gremna, alegre.

En ese instante, una serpenteante cola escamada de color blanco saltó de la oscuridad, tomando los cuerpos y arrastrándolos consigo.

—Sus corazones aún laten —comentó Gremna—. Saben mucho mejor así.

Tiffa sonrió, entre nerviosa y triunfante; tal vez ese regalo podría ser su pase para conservar su vida.

—Y pues…, hay noticias sobre las gemas… ¡Ah! Dime que son buenas noticias. ¿Dónde están ellas? ¿El ataque a Lieu Sacré funcionó?

—La parte buena es que ellas no tienen idea del poder de las gemas, nadie les ha dicho nada.

—¿Y la parte mala?

Tiffa rió suavemente, nerviosa.

—Bueno, con respecto al ataque a Lieu Sacré… los elfos que te acabo de entregar fueron una distracción para que las chicas pudieran escapar.

—¿¡Disculpa!? —la voz de Gremna hizo retumbar toda la cueva.

—La segunda en el trono, Breta Hidgard, Consejera de la Reina, las ha llevado a Kortaffelenompostaria.

—¿¡Qué!? —Gremna sonó aún más molesta—. ¿¡Ellas están en la ciudad de los elfos!?

—Las almas perdidas las siguieron pero… Sabe lo que le temo a ese bosque, no podría dejar que entren ahí y…

Tiffa prefirió callar. Durante algunos segundos hubo un silencio mortal donde se escuchaba la agitada respiración de Gremna; mas pronto se calmó y suspiró.

—¿Podrías recordarme, Tiffa, cuántos años has estado trabajando para mí?

—Creo… Diecisiete años.

—Diecisiete años —repitió Gremna—. Y en este tiempo, ¿qué ha sido lo más importante que has logrado decirme?

—Pues…, cuando te avisé que había un pueblo escondido entre un bosque, Humatsu —respondió Tiffa, quien parecía haber recuperado la tranquilidad.

—Ah claro, el único pueblo al que jamás había ido a buscar. Apenas pude salir de esta cárcel fui allí de inmediato, pero cuando llegué ellas ya no estaban, sólo quedaba su aroma, ¡y tú me aseguraste que estarían allí!

—No pensé que…

—¡En diecisiete años tú no has sido capaz de avanzar, y eso que puedes estar afuera todo el tiempo! ¡Te entregué un ejército de almas perdidas para que te ayudaran, y aun así las dejaste escapar!

—Es que yo…

—¡Es que tú… —interrumpió Gremna, mientras una gigantesca zarpa salía de la oscuridad— simplemente… —la otra garra apareció y Tiffa retrocedió algunos pasos, asustada— no sirves!

La mitad del cuerpo de una gigantesca dragona blanca salió del área oscura, con ojos de rubí que se clavaron en la mujer. Tiffa empalideció y trató de decir algo, pero la gigantesca bestia abrió sus fauces y envió una enorme llamarada a Tiffa antes de que ésta pudiese siquiera soltar una sílaba.

Cenizas, eso quedó, y junto a ellas la gran argolla de hierro que sostenía todas las cadenas.

—Ustedes aún pueden ser útiles.

Al decir esto, Gremna realizó una seña que hizo que las almas salieran velozmente de la cueva, sin dejar de cantar sus lamentos.

Con todo ese poder que poseía, nadie jamás iba a poder derrotarla; al menos eso pensaba Gremna.

&&&

Dalia soltó un largo suspiro acariciando su barriga, la cual había crecido notablemente después de tanta comida.

—Gracias por el desayuno —dijo sonriendo.

—No es nada, mientras estén aquí pueden pedir lo que deseen —contestó Breta amablemente.

—¿Y qué es lo que quieren a cambio? —preguntó Sara.

Breta clavó sus ojos en ella, inexpresiva.

—Aún no entiendo por qué nos han salvado en Lieu Sacré —añadió—. ¿Qué intentan hacer?

—Ayudarlas —contestó Breta—. Ustedes sin un entrenamiento especial no podrán cumplir con su deber, tampoco sin saber lo que nosotras sabemos.

—Pero seguimos sin saber nada aún…

La elfa guardó silencio unos segundos al escucharla.

—Hay que ir poco a poco, no será algo muy fácil de digerir —Breta parecía decidida a calmar la sed de curiosidad de Sara—. Saben qué son los profetas, ¿cierto?

—Son los que ven el futuro —respondió Dalia.

—Bueno, es una forma de decirlo. Más específicamente, son personas escogidas por El Destino que pueden escucharlo, hablar con Él, y así Él les cuenta sobre sus planes. A veces Él habla directamente, a veces lo anuncia mediante una serie de imágenes simbólicas. Es más común que haga esto último, puesto que le gusta hacer a sus oyentes pensar incluso hasta que se vuelvan locos. Aunque, por supuesto, sus planes no siempre resultan exactamente como Él los dicta. Algunas veces La Muerte, que se sabe es más fuerte que Él, ha decidido interferir y cambiar por completo las cosas.

—¿Y cómo se sabe cuándo alguien es profeta? —inquirió Sara—. Es decir, cualquiera puede decir que El Destino le ha hablado y narrar una falsa profecía.

—No, nunca ha ocurrido y dudo que llegue a pasar. Hay una forma de reconocer a un profeta —Breta parecía algo nerviosa—: sus ojos. Ambos son de diferente color.

Hubo un corto silencio en el que Sara no apartó su mirada de Breta, hasta que la elfa se levantó y dijo:

—Discúlpenme, pero alguien las está esperando.

Y, sin más, Breta dio media vuelta y salió del comedor. Ambas jóvenes cruzaron miradas, extrañadas, hasta que una enorme puerta detrás de ellas se abrió sola, llamando su atención.

—Creo que hay que ir por ahí —dijo Dalia.

Sara se encogió de hombros y se encaminó a la puerta, la cual conducía a un precioso jardín, el único lugar de Kortaffelenompostaria desde donde se podía ver directamente el cielo.

Al cruzar la puerta, Sara quedó paralizada. Dalia, al ver la reacción de su compañera, se colocó al lado de ésta y llevó su mirada hacia donde los plateados ojos apuntaban.

Allí, junto a las plantas de clavel, conversando con la Reina, estaba Nifta.

—¿Ves lo que yo veo? —preguntó Sara, con el asombro desbordando en sus ojos.

—No estoy muy segura.

Tanto Crezso como Nifta parecieron darse cuenta de la presencia de las chicas, por lo que sonrieron e hicieron señas con las manos indicando que se acercaran.

—¿Será una especie de ilusión o algo? —susurró Dalia, mientras cruzaban el jardín.

—Ni idea…

Una vez que las chicas estuvieron frente a ambas mujeres, Nifta se apresuró a abrazarlas con fuerza mientras decía:

—Estuve tan preocupada por ustedes…

«Pues esto me parece muy real» pensó Sara, al sentir los brazos de la herbolaria rodearla.

—¿Cómo llegaste aquí? —preguntó Dalia, atónita.

—Me dio tiempo de huir cuando la dragona apareció—. Nifta acarició con cariño las mejillas de Dalia—. De verdad me hubiese gustado quedarme y ayudar a las personas de Humatsu a vencer a esa criatura, pero fácilmente hubiese muerto en el intento y las criaturas mágicas me necesitan viva.

—Pero… ¿cómo… cómo es que estás aquí? —la sorpresa se notaba en el pálido rostro de Sara—. Es decir, es la ciudad de elfos. Los humanos… Es difícil llegar a este lugar…

—No creerás que un humano puede ser tan sabio con las plantas, ¿cierto?

Al decir esto, Nifta hizo su rizada melena hacia atrás, mostrando unas orejas levemente puntiagudas.

—Eres una elfa —susurraron ambas chicas, sorprendidas.

—Una híbrida, en realidad —adosó Crezso—. Hija de una elfa y un humano. Algo muy común antes de la Guerra Contra las Bestias, ahora ella es la única que queda.

—Entonces naciste antes de la guerra —Nifta asintió ante la conclusión de Sara—. Eso significa que…

—¡Debes de tener más de cien años! —terminó de decir Dalia.

—Ciento noventa y seis —aclaró Nifta, dejando boquiabiertas a las chicas.

—Bueno, las dejaré solas para que hablen un poco, Nifta tiene unas cuantas cosas que explicarles —dijo Crezso—, procuren poner toda la atención posible. Yo iré a hablar con Valdor.

—¿Quién es Valdor? —inquirió Dalia, cuando ya Crezso se hubo alejado.

—Lo sabrán luego —Sara bufó al escuchar eso, ya empezaba a odiar esa clase de respuestas—. Síganme por favor.

Las jóvenes obedecieron sin pensarlo. Observaron hermosas plantas de claveles, orquídeas, girasoles, margaritas, tulipanes… Y, lo que a Dalia más le llamó la atención: una gran sección llena de rosales de flores blancas.

—Son las favoritas de la Reina —comentó Nifta—. Dice que le recuerdan a su difunta madre.

Pronto, las tres llegaron al centro del jardín, donde había una gran fuente con una joven elfa en el centro, idéntica a la que se encontraba en Lieu Sacré.

—Los seres mágicos depositan su esperanza en la inscripción de esta fuente —informó Nifta—. Hasta ahora, es lo único que les da la seguridad de que la maldad no terminará de consumir el mundo.

Sara examinó la estatua. Tenía los mismos detalles, las mismas alas, el mismo collar con la luna y el sol tallado, y una inscripción bajo sus pies escrita en el código de los elfos.

—¿Y qué es lo que dice? —preguntó Dalia.
—"Mientras Luz y Oscuridad permanezcan unidas, el mal no podrá gobernar" —recitó la híbrida, pasando sus dedos lentamente sobre la fuente—. No tiene sentido para ustedes ahora. Lo tendrá en un futuro, quizá.
—¿Qué quieres decir?

Nifta no respondió, se quedó en silencio haciendo un extraño movimiento con sus manos. De repente, una especie de rayo apareció en su mano derecha, el cual fue cambiando hasta tomar la forma de una alabarda y materializarse.

—Observen bien —ordenó Nifta, mostrándoles la alabarda.

El mástil de aquella arma era de color hueso y, para sorpresa de las chicas, no poseía adorno alguno. Tenía una punta afilada en un extremo y en el otro una gran hoja de acero en forma de hacha del lado derecho y un peto de punza del lado izquierdo, ambos con sus innecesarios pero bonitos detalles.

—Es un arma hecha con hueso de dragón —explicó Nifta—. Además de ser indestructible, ayuda a que la magia fluya con más facilidad. Existen tres en Asumajikku, dos de las cuales están ocultas. Esta me la entregó Crezso durante la Guerra Contra las Bestias por ser la mejor guerrera de su ejército.

—¿Participaste en esa guerra? —preguntó Dalia, asombrada.

—Era muy joven… Claro que los humanos también quisieron reclutarme, pero yo tenía claro que también soy un ser mágico. Fue una suerte haber pensado así, porque al acabar la guerra los humanos persiguieron y asesinaron a todos los híbridos que decidieron luchar junto a ellos. Les pareció peligroso que pudieran usar la magia en su contra.

—No tenía idea de que eso hubiera sucedido —comentó Dalia, bastante disgustada ante la actitud de su especie.

—Es parte de la historia que nunca se cuenta —dijo Sara—. Siempre hay algo que las personas ocultan al mundo «por su bien».

—Cierto. Pero ese no es el punto ahora, continuemos con las armas de hueso de dragón. Como iba diciendo, usar una de estas armas es un honor gigantesco, mas no es nada fácil. Debes aprender a conectarte con ella para que la magia fluya adecuadamente. Lograr eso lleva su tiempo, y tomó tiempo extra para mí, pues siendo una híbrida me cuesta más utilizar la magia.

—¿Con qué fin nos explicas esto?

Nifta sonrió y lanzó la alabarda a Sara, quien gracias a sus rápidos reflejos la atrapó inmediatamente. Para su sorpresa, aquella arma tan grande era increíblemente ligera, lo que facilitaba mucho su manipulación.

—Como he dicho antes, quedan dos de estas armas. Si todo sale bien, tal vez Crezso les otorgue una a cada una.

Dalia sonrió, emocionada, Sara frunció el ceño y dijo:

—Pero, si estas son armas para facilitar el uso de la magia, ¿por qué nos las entregarían a nosotras? Somos humanas, después de todo.

—Podrán ser humanas, mas son capaces de utilizar la magia. Mi misión es introducirlas en este arte, puesto que, como un ser que tuvo muchas dificultades al principio, lograré entenderlas y aclarar sus dudas mejor que nadie.

Sara estuvo a punto de preguntar algo; sin embargo, Nifta hizo una seña para que callara. Las chicas agudizaron el oído para saber a qué se debía aquel silencio, mas no escucharon nada; pero Nifta, quien poseía un oído más agudo, logró escuchar un fuerte coro de lamentos a lo lejos.

—¡Almas perdidas! —anunció la híbrida, arrebatando la alabarda de las manos de Sara.

En ese instante, Nifta se dirigió al interior del castillo, seguida por Sara y Dalia. Al entrar al salón del trono, encontraron una multitud de criaturas (minotauros, elfos, hadas, centauros…) preguntando a Breta y Crezso cuál era el plan para derrotar a las almas, ya que todos ellos habían escuchado su coro a lo lejos.

—¡Silencio! —Breta golpeó con fuerza su lanza contra el suelo, provocando un fuerte sonido que hizo que todos callaran—. Guerreros y guerreras se quedarán en el salón estableciendo una estrategia, las criaturas del bosque se resguardarán en el castillo hasta que informemos que el peligro ha pasado.

La multitud obedeció inmediatamente.

—Ustedes vendrán con nosotros —informó Nifta a las chicas—. Serán de mucha ayuda.

Dalia se sobresaltó al escuchar aquello.

—No, espera —Nifta tomó la mano de Dalia para guiarla hacia el lugar de ataque, pero ella se zafó de su agarre—. Será mejor si no voy, no creo ser de mucha utilidad.
—Claro que lo serás —dijo la híbrida—. Eres increíble con el arco, te he visto.

Dalia negó con la cabeza, a lo que Sara se acercó a su oído y le susurró:

—Sé valiente, yo estaré contigo para cuidarte.

Cerró los ojos un momento y luego asintió, accediendo a ayudar.

—¡Ey, Sara! —Breta corrió hacia la chica de cabellos negros acompañada de un elfo—. Tú vendrás conmigo. Bermark, lleva a Dalia al puesto de arquería.

El elfo que acompañaba a Breta asintió y tomó a Dalia del brazo.

—¡Espera! ¿No puedo ir con Dalia?
—Sara, tú no serás útil en el puesto de arquería —respondió Breta.
—Pero…
—¡Ya están cerca! —anunció un minotauro desde la puerta.

Breta tomó a Sara del brazo y la guió por un camino contrario del que Bermark llevó a Dalia.

—Lo único que debes hacer es golpear las cadenas —le explicó Breta—, si atacas en otro punto será como clavar la

espada al viento.

Sara asintió, mientras veía hacia atrás tratando de descifrar hacia dónde se habrían llevado a Dalia.

Cuando al fin salieron del castillo, Breta, Nifta y Sara pudieron observar una gran cantidad de almas que se asomaban por las ramas, entristeciendo el ambiente con sus delgaduchos cuerpos y sus cantos de pena.

—¡Breta! —La Reina salió del castillo y corrió hacia la aludida.

—No lucharás, ¿verdad? —preguntó la elfa, preocupada.

—No no, ya estoy algo oxidada para esas cosas. Quiero pedirte que, por favor, tengas mucho cuidado —al decir esto, Crezso tomó el rostro de Breta entre sus manos y besó con cariño su frente.

—Lo intentaré.

Breta y Crezso sostuvieron una última mirada antes de que la Reina se devolviera al castillo y las puertas y ventanas fueran cerradas.

—¡Arqueros listos! —se escuchó gritar a uno de los elfos entre los árboles—. ¡Apunten!, ¡disparen!

Una larga línea de flechas invadió el aire. Algunas poseían llamas en la punta, éstas explotaron al contacto con las almas. Otras estaban rodeadas por pequeños rayos y, a la hora de estar cerca de los enemigos, invocaron poderosos rayos del cielo que golpearon con fuerza casi todo lo que hubo a su paso, dejando intactos los árboles.

A pesar de que muchas almas fueron liberadas gracias a ese ataque, cientos lograron llegar al castillo. Ahí fue cuando, al menos para Sara, lo interesante comenzó.

Nifta invocó unas extrañas raíces repletas de espinas que se

movían como tentáculos. Éstas tomaban con fuerza las almas y las sostenían hasta que la híbrida llegaba y rompía las cadenas con un hábil movimiento de su alabarda.

Breta no necesitó su lanza, al contrario, la arrojó lejos y comenzó a lanzar rayos de diferentes colores desde sus manos. Expulsaba diez al mismo tiempo, cada uno invadía a su víctima por largos segundos hasta romper las cadenas, y luego iba en busca de una nueva presa. En un momento, Sara logró observar el rostro de Breta: tenía una sonrisa de satisfacción y una mirada de asesina. Aquello parecía gustarle.

Como Sara era una simple humana (o al menos eso creía ella) lo único que se dispuso a hacer fue desenvainar su espada y moverse velozmente de un lado a otro, liberando almas con sus golpes certeros. Quizá no podía invocar raíces ni lanzar rayos, pero era igual de útil que las elfas.

En algunos momentos, cuando Sara se veía acorralada por las huesudas criaturas, flechas caían del cielo liberando a la mayoría, dejando que Sara pudiera acabar con el resto sin problemas. Cuando alguna situación así se presentaba, ella siempre volteaba a ver aquellas alargadas flechas de madera que caían a su lado, que eran simples, sin ninguna clase de adorno. Eso le hacía sonreír por dentro, pues se daba cuenta que, desde los árboles, una chica de cabellos de oro cuidaba de ella.

—Ey, Breta, ¿qué hiciste con tu lanza? —preguntó Nifta, notando a Breta luchar únicamente con sus hechizos.

—Yo no necesito armas para ganar una batalla.

Nifta rió.

—¿Nunca vas a perdonarme, verdad?

Breta envió una fugaz pero mortal mirada a Nifta, ella estuvo a punto de responder, pero un anuncio que cortó la respiración de Sara no la dejó:

—¡Han descubierto el puesto de arquería! ¡Las almas perdidas están atacando el puesto de arquería!

—¡Que diez espadachines corran a ayudar a los arqueros! —ordenó Breta.

Sara liberó las almas que tenía frente a ella y se dispuso a correr con los espadachines designados al puesto de arquería; sin embargo, una de las invocaciones de Nifta se posó frente a ella, deteniéndola.

—Tú no, Sara —dijo Nifta—, te necesitamos aquí.—Pero Dalia está arriba, le dije que la cuidaría…

—No te preocupes, los demás se encargarán de eso.

Sara presionó el mango de su espada y, sin pensarlo muy bien, cortó aquella extraña raíz y siguió a los demás espadachines.

Sin dejar de estar rompiendo cadenas a su paso, subieron unas escaleras en forma de espiral que rodeaba uno de los gigantescos árboles. En lo más alto había una especie de fuerte donde la vista hacia todas direcciones era más que perfecta, sin nada que la obstruyera. Más tarde, Sara supo que era una ilusión la que hacía que desde afuera en esa parte del castillo sólo se vieran ramas y hojas.

Cada espadachín tomó un camino diferente, pues había varios puentes que conectaban las diferentes secciones del fuerte.

Sara se quedó en pie un momento, sin saber muy bien a dónde ir, mas un extraño instinto le hizo correr por el puente que estaba a su izquierda. Iba a una velocidad increíble, buscando cualquier señal que le dijera que Dalia estaba por ahí. Ayudó a algunos arqueros a librarse de almas perdidas y, cuando ya no había ningún enemigo a la vista, preguntó:

—¿Han visto alguna humana por aquí?

—La última vez que vi una estaba en su puesto, en la sección de la izquierda —respondió uno de los elfos, antes de recargar su arco y disparar—, pero no te recomiendo que vayas por ahí, las almas perdidas ocuparon todo el lugar, es bastante peligroso.

Al escuchar eso, el estómago de Sara se hizo un nudo. ¿Y si Dalia aún estaba ahí? Ignorando la advertencia del elfo, Sara se apresuró a encaminarse hacia aquella sección.

Para su sorpresa, no había almas perdidas cerca. Esa parte estaba completamente desalojada, lo que le daba un mal presentimiento.

Por estar revisando a su alrededor en lugar de estar viendo su camino, Sara tropezó y cayó con fuerza, lanzando su espada no muy lejos para evitar herirse con ella en la caída.

La chica llevó una mano a su cabeza y se apresuró a buscar su arma, pero quedó paralizada al ver lo que había descubierto: un cuerpo, aparentemente inerte.

Sara se acercó al cuerpo y se dio cuenta de que aún vivía, puesto que su pecho se movía con cierta rapidez. Era un elfo de cabellos lacios y piel trigueña, con una flecha clavada en el pecho. Era Bermark.

—¿Qué pasó? —preguntó Sara, tomando con cuidado la cabeza del elfo.

—Creo que… la puntería de alguien falló —respondió con dificultad.

—No te preocupes, buscaré ayuda apenas encuentre a Dalia. Aguantarás lo suficiente si te quedas quieto, sé que la magia podrá curarte.

Bermark abrió sus ojos color miel y sonrió agradecido. Estuvo a punto de decir algo, pero entonces unas frías manos tomaron el rostro de Sara y la obligaron a levantar la mirada.

Lo único que ella pudo hacer fue observar aquel horrible

rostro, donde en lugar de ojos había un par de cuencas vacías. Sintió un escalofrío recorrer su cuerpo, mas no podía moverse, sus pies no le obedecían, podía hundirse en aquella horrible oscuridad mientras escuchaba el lúgubre canto del alma.

Sara comenzó a sentir que algo quería escaparse de su cuerpo, pero un sonido metálico interrumpió aquel proceso y la huesuda criatura se fue volando de ahí.

Cuando al fin recuperó la conciencia agitó levemente la cabeza y volteó a ver al elfo: estaba acostado bocabajo, con una flecha ensangrentada en las manos que había clavado en una de las cadenas.

—Tu amiga…, Dalia…, está justo al final... Hay muchas almas... ¡Corre!

Sara se levantó y se apresuró a buscar su espada. Devolvió la vista al elfo, susurró un sincero «gracias» y se fue en busca de Dalia.

Lo que Sara encontró al final de la sección no fue algo precisamente bueno: Dalia agachada a mitad del pasillo, con lágrimas mojando sus mejillas y unas veinte almas perdidas acechándola. También, había un escudo amarillento rodeando a la chica. Lo malo era que, pues, había varias almas perdidas golpeando una y otra vez aquella protección, y, por cada uno de los impactos que daban, Dalia soltaba un suspiro de dolor, como si aquello la lastimara de alguna forma.

Para su suerte, Sara no había captado la atención de ninguna de las almas, por lo que tenía unos segundos para pensar qué hacer. ¿Había alguna forma en que las dos pudieran escapar de ahí? Veinte criaturas de esas eran muchas para una sola persona.

Pensó en buscar ayuda, aunque ¿qué le aseguraba que aquel escudo protegería a Dalia por más tiempo?

Entonces optó por lo único que le pareció razonable en aquel momento:

—¡Dalia! —la chica levantó la cabeza al escuchar su nombre, tenía los ojos rojos—. ¡Corre!

Y al decir esto, lanzó su espada hacia una de las almas perdidas, terminando por llamar la atención de aquellos bichos.

Fue cuestión de segundos para que las delgaduchas criaturas se lanzaran sobre ella como perros hambrientos. El escudo desapareció en aquel momento y Dalia se dispuso a correr. No para huir, sino para abrazar a Sara una última vez y, si este era el fin, que al menos murieran las dos juntas.

Pero algo completamente inesperado sucedió: en el instante en el que una de las almas estuvo a punto de tocar a Sara, la gema de ésta brilló fuertemente, con tal intensidad que tan sólo se podía ver una luz azulada.

Dalia se vio obligada a cerrar los ojos y, varios minutos después, al momento de abrirlos, las almas se habían desvanecido, y pudo ver a una Sara tambaleante. La chica de ojos plateados estuvo a punto de caer, pero Dalia la atrapó entre sus brazos antes de que tocara el suelo.

—¿Estás bien?

Sara asintió con la cabeza, frunciendo el ceño al sentir una punzada justo en la sien.

—Puedo ponerme en pie yo sola. Pásame mi espada, que aún debemos ayudar aquí.

Dalia obedeció y recogió la espada del suelo para dársela a su dueña. Juntas recorrieron las diferentes secciones del puesto de arquería; sin embargo, por lo que pudieron ver, parecía que la batalla había terminado, así que bajaron de ahí inmediatamente.

En el castillo las criaturas del bosque comenzaban a salir de sus refugios. Muchas socorrían a los heridos, otras se sentaban

a llorar al lado de los cadáveres.

—¡Sara! —Nifta corrió hacia las chicas, tomando a Sara del rostro y examinándola con la mirada—. ¿Estás bien?

—Tengo algunas heridas pero…

—No no, hablo de tu cabeza, la energía de tu cuerpo. ¿Te encuentras bien en ese sentido?

Sara frunció el ceño, extrañada.

—¿Por qué lo preguntas?

—La luz… —respondió Nifta—. Todas la vimos, sombras veloces comenzaron a salir del puesto de arquería y se rompieron todas las cadenas, incluso las que se encontraban lejos. No podía ser otra sino tú.

Sara y Dalia compartieron miradas de extrema confusión.

—Aún estás en pie así que me atrevo a decir que estás bien —terminó de decir Nifta—. Vamos, Crezso nos está buscando.

Las chicas siguieron a Nifta al salón del trono, donde la Reina, afligida, se movía de un lugar a otro mientras mantenía una conversación con Breta.

—¡Esto es imposible! —exclamó Crezso—. Únicamente existe una persona con un ejército de almas perdidas y ella jamás se había atrevido a entrar aquí ni a meter a sus esclavos en este bosque, ¿cómo fue que pasó?

—Las almas parecían venir en dirección del Abismo de los Muertos —anunció Breta—, sólo puede haber una criatura que las controle desde esa dirección.

—Gremna —dedujo la Reina.

—Sin embargo, ya el ejército está totalmente acabado, creo que más bien nos ha hecho un favor —Nifta parecía muy con-

vencida.

—Aún así es preocupante. El número de nuestros guerreros se redujo considerablemente, ¿qué pasaría si decide atacar de alguna otra forma? —Crezso se llevó las manos al rostro, afligida—. Tendríamos muchos problemas.

—Pero Sara y Dalia están con nosotras —soltó Breta de repente, sorprendiendo a las chicas—. Si ellas nos ayudaron con la situación de ahora nos ayudarán con las de un futuro.

Crezso comenzó a morderse las uñas, parecía que los peores pensamientos inundaban su mente en ese momento.

—Aún así… —Crezso dio media vuelta para ver a Breta directamente a los ojos; pero, justo en ese instante, Breta se desplomó.

—¡Breta! —Sara y Dalia corrieron a socorrer a la elfa, pero Nifta las detuvo colocando una mano frente a ellas.

—Miren sus ojos —susurró Crezso, llevándose una mano al pecho.

Las chicas obedecieron y posaron su vista en los orbes de Breta: estaban cerrados, e incluso así se podía observar un rápido movimiento ocular, como si cientos de imágenes pasaran frente a ella.

—El Destino está hablándole—aclaró Crezso.

La sala fue inundada por el silencio durante largos minutos, hasta que Breta dio señas de que empezaba a despertar y Crezso se apresuró a socorrerla.

—¡Breta querida! ¿Por qué Él te molesta tan repentinamente? ¿Qué te ha dicho?

Breta abrió sus ojos con lentitud, ahora parecían más bri-

llantes que nunca.

—Ya no queda tiempo… —expresó Breta.

De inmediato Crezso, Nifta y Breta se dispusieron a abandonar el castillo con pasos veloces.

—Hace más de cien años, durante la Guerra de las Bestias, la Dragona Blanca se instaló en una gran cueva aislada donde nadie jamás pudiese molestarla, para fortalecer sus hechizos y hacerse más poderosa—explicó Breta mientras corrían a través del bosque siguiendo a Nifta y a Crezso—. Después de que la Guerra Contra las Bestias acabara y por el bien de todos, los elfos y hadas más poderosos se unieron para crear una especie de domo mágico alrededor de la cueva el cual Gremna jamás pudiese burlar, uno donde quedaría atrapada para siempre; sin embargo, los seres mágicos estaban agotados y debido a las limitadas fuerzas que poseían en aquel momento, el domo tuvo una pequeña falla la cual no se pudo remediar, ésta hace que cada cierto tiempo Gremna pueda realizar un hechizo para abrirlo durante algunas horas. Tiempo en el que ella puede escapar.

Para nuestra suerte, desde entonces Gremna se ve obligada a volver a su alejada cueva, ya que el hechizo de eternidad que le otorga larga vida se renueva cada vez que regresa a la cueva y vence en cada anochecer, justo cuando el domo se cierra. Con esta treta, teníamos la completa seguridad de que, luego de que hiciera de las suyas, Gremna regresaría y quedaría atrapada dentro de ese lugar una vez más.

Pero esta vez el domo se abrió antes de lo previsto, por eso logró atacar Humatsu. No teníamos idea de lo que había pasado, hasta que Nifta nos informó: El Destino me ha advertido que el domo comienza a debilitarse y la falla está aumentando a una velocidad increíble. Desaparecerá en aproximadamente una semana sin que podamos hacer nada.

—¿Y no pueden construir un nuevo domo? —preguntó Dalia.

—Por desgracia, no podemos. Las criaturas que crearon el domo murieron en el proceso, era necesario sacrificarse por el bien de todos; nunca dijeron cuál fue el hechizo que utilizaron, por lo que, a pesar de llevar años investigando, no sabemos cómo crear otro que logre retener a ese monstruo.

—Entonces ¿qué haremos? —inquirió Sara.

—Ustedes tendrán que conocer su destino para poder cumplirlo —les susurró Breta.

—¡Es aquí! —anunció Crezso, deteniéndose—. ¡Valdor, despierta!

Hipnotizadas por la voz de Crezso, no habían notado que se encontraban en una parte oculta del bosque, detrás del castillo. Las chicas comprendieron que esta debía ser la morada de Valdor. Mientras Crezso lo llamaba, ellas se mantuvieron examinando su alrededor con la mirada. En esa parte los árboles crecían más cercanos los unos a los otros, la oscuridad era muchísimo más pesada, puesto que las hojas no dejaban pasar más que unos delgados rayos de luz, y el aire se sentía extraño. Era como si estuviesen ocultando algo ahí. Ni siquiera se habían atrevido a llevar antorchas, como si Crezso pretendiera evitar que alguien las siguiese con facilidad.

De repente, a unos metros de distancia, donde se notaba que la oscuridad era más densa, se abrieron dos grandes ojos azules. Se escuchó un débil rugido seguido de un suave aleteo, y aquellos zafiros comenzaron a acercarse a ellas.

La gema de Sara empezó a brillar con mayor fuerza, la suficiente como para iluminar a la criatura que estaba frente a ellas. Era un ser gigante, con cuatro enormes zarpas, una larga cola serpenteante, piel negra cubierta de gruesas escamas y dos grandes alas.

—¡Un dragón! —exclamó Dalia, sobresaltada.

—No es un dragón, no del todo —susurró Nifta.

—¿A qué se debe su repentino llamado, Su Majestad? —preguntó el dragón, con voz firme y gruesa.

—Son ellas… —respondió Crezso, volteando a ver a las chicas.

Valdor entonces dirigió su mirada a Sara y Dalia, examinándolas con la vista pero deteniéndose por varios segundos en las gemas de los collares.

—Síganme —dijo dándose media vuelta.

Sara frunció el ceño y volteó a ver a Crezso, quien hizo señas para que fuera detrás de Valdor. Dalia se encogió de hombros, tomó Sara de la muñeca y juntas entraron en la pesada oscuridad.

No tardaron mucho tiempo en darse cuenta de que aquello era en realidad la entrada de una cueva. Las gemas iluminaron el camino lo suficiente como para que no tropezaran y pudieran ver la punta de la cola de Valdor para seguirla, hasta que estas se apagaron y antorchas se encendieron a lo largo del camino.

Las chicas quedaron encantadas con aquel lugar: era una cueva gigantesca, no poseía irregularidad alguna en sus paredes, cada centímetro estaba perfectamente pulido; había antorchas que tenían los más delicados detalles y adornos, además de que el fuego a veces cambiada de su típico amarillo a color verde o azul; en las paredes había extraños dibujos y escritos que, para su desgracia, estaban en el código de los elfos.

—¿Qué es este lugar? —preguntó Dalia, sorprendida.

—Es uno de los lugares más importantes para los elfos —respondió Valdor—, podría decirse que es como un templo para los profetas. Cuando las palabras de El Destino son muy importantes o advierten acerca de algo, ellos vienen aquí y las escriben a modo de profecía, así se aseguran de que no vayan

a ser olvidadas con el paso del tiempo. Ahora apresúrense, hay algo que debo explicarles.

&&&

Profesía de Luz y Oscuridad

El dragón condujo a las chicas hacia una de las inscripciones que estaba más al fondo, donde había un dibujo de una luna y un sol juntos. Y, abajo, unos agujeros acompañaban dichos trazos, unos donde Sara supuso sus gemas cabrían perfectamente.

—Esta es una profecía algo antigua, escrita por apenas una niña, creo. El Destino la llamó antes de la Guerra Contra las Bestias, incluso antes de la amenaza de Gremna, cuando apenas tenía seis años.

Mientras ella dormía, El Destino entró en su cabeza. Le advirtió de un mal que caería en el mundo, un mal que dividiría a los humanos y a las criaturas mágicas. Le dijo que ese mal iniciaría una guerra terrible, señaló que ese poder maligno sería tal que no habría forma de derrotarlo fácilmente. Enviaría a seres capaces de acabar con éste y de éstos fallar, prometió enviar a aquellas capaces de controlar poderes comparables con los de Él y La Muerte, una clase de magia basada en la luz y la oscuridad, con la cual podrían derrotar ese mal.

Al despertar, la niña encontró algo en sus manos: dos hermosas y brillantes joyas que habían estado todo este tiempo guardadas en esta pared; hasta que, hace unos años, El Destino las tomó y las entregó a sus respectivas dueñas.

Ambas chicas llevaron las manos a sus collares, sin apartar la vista del lugar donde sus gemas pudieron haber estado esperándolas durante más de un siglo. Ahora muchas cosas cobraban sentido.

—Pero… yo no…— A Sara se le hacía un poco difícil asimilar aquello; sin embargo, era su destino, debía aceptarlo quisiera o no—. Pero yo no sé usar la magia… ¿Entonces? ¿Cómo haré?

Valdor suspiró.

—Se suponía que tendrían un entrenamiento especial, fue algo que se pactó con sus madres desde que eran niñas, mas el ataque de Gremna a Humatsu adelantó los preparativos y ahora no queda tiempo para eso. Creo que deberán averiguar cómo utilizar la magia ustedes solas.

Sara resopló, no muy convencida.

Había algo más escrito ahí, algo que Valdor no les diría. Debían pasar por un dolor terrible para poder ayudar al mundo… Pero eso no lo debían saber, no aún. No estaban preparadas para aquello.

—Será mejor que se vayan ahora—expresó Valdor con seriedad.

Sara y Dalia estuvieron de acuerdo y juntas salieron de la cueva. Al estar afuera vieron que tanto Crezso como Nifta y Breta se habían marchado.

&&&

La noche cayó de manera rápida. Para cuando Sara y Dalia llegaran al castillo ya los heridos habrían sido curados casi por completo y los muertos llevados a un lugar donde sus cuerpos pudieran descansar tranquilos.

Tan pronto como pudieron ver el castillo entre los árboles, Valdor dio media vuelta y regresó a la cueva. Sara y Dalia se encaminaron a la gran construcción, donde, al entrar, hallaron una pequeña hada que sonrió al verlas.

—Al fin llegan —dijo la criatura, que no podía medir más de veinte centímetros—. Es hora de la cena, las esperan en el comedor.

Las chicas agradecieron, al estar a mitad del pasillo, Dalia se detuvo.

—¿Qué pasa? —preguntó Sara.
—Creo que no iré a comer, tengo algo que hacer.
—¿Estás segura? Siempre hay tiempo para la comida.
—Sí pero…, quiero hacer algo antes…

Sara se encogió de hombros y la vio devolverse por el pasillo. Cuando llegó al comedor, Sara se encontró con Crezso, Breta y Nifta sentadas a la mesa con una exquisita cena frente a ellas.

—¡Sara! ¡Ven, siéntate a mi lado! —pidió Nifta, dando palmaditas en la silla que tenía a la par.
—Nifta, ¿qué haces aquí? —inquirió Sara—. ¿También vives en el castillo?
—No —respondió Breta—, pero a veces no hay forma de sacarla de aquí, menos cuando es la hora de comer.
—Es como La Muerte —comentó Crezso—, nadie nunca la invita pero siempre llega cuando quiere.

Sara rió suavemente, a lo que Nifta se encogió de hombros.

—¿Qué puedo hacer? La comida aquí es muy buena.

Sara tomó un poco del platillo que tenía enfrente y asintió, aquella ave estaba realmente deliciosa.

—Por cierto, ¿dónde está Dalia? —preguntó Breta.
—No estoy muy segura, dijo que quería hacer algo…

—Qué lástima —Crezso suspiró—, necesitábamos acordar algunas cosas.

—No importa, usualmente soy yo la que toma las decisiones; podemos hablar y luego me encargaré de informarle a ella.

—Me parece bien —Crezso dejó el plato de lado y limpió sus labios con una servilleta—. Si entendiste bien lo que Valdor dijo y, teniendo en cuenta la visión que Breta tuvo recientemente, deberás suponer que pronto ustedes dos abandonarán Kortaffelenompostaria.

—Realmente no estoy muy segura de las cosas —Sara trató de ser lo más sincera posible—, pero si es mi destino y ustedes tienen algún plan no nos quedará de otra que aceptarlo.

Crezso sonrió al ver la resignación de la joven ante la situación.

—Nos gustaría que partieran mañana temprano. Estamos conscientes de que esto puede ser un poco arriesgado ya que ni siquiera han logrado comenzar su entrenamiento adecuadamente, pero no hay mucho tiempo, por lo que pensamos que entre más pronto cumplan su deber, mejor.

—Por mí no hay problema, reina Crezso. Hagan lo que deban hacer, ustedes tienen una mejor idea de la situación que yo.

Crezso y Breta sonrieron, complacidas, Nifta posó su mirada sobre Sara. En el momento en el que la joven terminó la cena y salió del comedor, sintió una mano posarse sobre su hombro, por lo que inmediatamente se dio media vuelta, encontrándose con Nifta.

—¿Te molestaría caminar un rato conmigo? —preguntó la híbrida, sonriendo amablemente.

Sara se encogió de hombros y Nifta la guió por los pasillos externos del castillo, desde donde había una hermosa vista de

gran parte del jardín.

—Odio este castillo —confesó Nifta—. Está tan lleno de lujos y materiales caros desperdiciados… No lo sé, me parece algo propio de los humanos, no de nuestra cultura. Crezso opina lo mismo.

—¿Entonces? ¿Por qué viven en él?

—Es muy simbólico, luego de los destrozos de la guerra logramos tomar esta preciosa ciudad, ¿recuerdas? Nos acogió cuando nos creyeron derrotados. Además, tiene un bonito jardín.

Ambas dirigieron la vista al precioso campo de flores. Al hacerlo, Sara pudo ver cómo, a lo lejos, Breta parecía regañar a Dalia.

—Es una simple duda pero, de casualidad. ¿Breta es hija de la Reina?

Nifta sonrió ante la pregunta.

—Es nieta de Crezso —corrigió—. Conocí a Távita, la madre de Breta, desde que éramos niñas. No éramos propiamente amigas, pero sí sabíamos de nuestra mutua existencia. Luchó a mi lado en la Guerra Contra las Bestias… Había prometido a Crezso que cuidaría de su hija, pero, ¡dioses!, ella era toda una maestra utilizando la magia del fuego. Diría que más bien Távita cuidó de mí.

—¿Y qué pasó con ella?

Los ojos de Nifta se humedecieron.

—Una flecha plateada cruzó su cabeza…, la primera de ese tipo que entró en la guerra… Ella… estaba al frente mío… y no pude hacer nada.

Aunque intentaba ocultarlo, la expresión de Nifta mostraba un profundo dolor.

—¿Y por eso Breta es así contigo?

Nifta se sobresaltó ante la pregunta, y su expresión cambió completamente.

—¿Perdona?
—Digo… ¿ella te culpa?…
—No —se apresuró a responder Nifta—. No, no es eso, ella lo entiende. Aunque es un poco rencorosa… —terminó diciendo Nifta, después de pensarlo bastante —. Es un asunto complicado, no quiero molestarte con eso.

Sara asintió con la cabeza y se apresuró a cambiar de tema. Tarde se dio cuenta de que aquella pregunta no había sido muy adecuada.

—Por mucho tiempo escuché a mi madre y a Alice hablar sobre cosas que hasta ahora tienen algo de sentido para mí. Debió ser difícil para ellas conocer nuestro destino.
—Bueno, ellas merecían saberlo. Eran sus madres, después de todo. Lamento lo de ellas, El Destino y La Muerte parecen confabular para llevarse a nuestros seres más cercanos…

La voz de la herbolaria se quebró en aquel instante. Sara quiso abrazarla, pero se contuvo al recordar que eso no era algo que ella usualmente haría.

—Para que haya paz primero debe haber algo de caos, ¿no?

Nifta esbozó una risa forzada y asintió. No había palabras que mejor explicaran el destino de las chicas.

—Bueno, es algo tarde ya, creo que invadiré una de las habitaciones del castillo y descansaré. Buenas noches, Sara.

La híbrida se despidió con un fuerte abrazo y se alejó rápidamente. Sara se quedó en pie unos minutos, sin saber exactamente qué hacer. Como no tenía sueño, decidió salir al jardín y sentarse un rato en una banca que estaba cerca. Ver el cielo desde ahí era maravilloso. En otras partes del bosque era difícil, puesto que las gigantescas ramas lo tapaban casi por completo; pero ahí podía observarse cada estrella, cada nube, cada constelación…

—¡Sara! —la susodicha bajó su mirada y se encontró con Dalia corriendo hacia ella—. ¡Ven conmigo, quiero mostrarte algo!

Dalia tomó a Sara de la muñeca e hizo que se levantara para luego llevarla por los senderos del jardín.

—¿Por qué sonríes como tonta? —preguntó Sara, burlona, al notar la expresión de Dalia.
—Porque hice una tontería. Breta casi me mata, pero lo hice para ti, así que valió la pena.

Sara se ruborizó levemente al escuchar aquello, aunque para su suerte la noche era lo suficientemente oscura como para que Dalia lo notara.

—Por cierto, debemos irnos de Kortaffelenompostaria pronto —informó Sara.
—Lo sé, Breta también me habló de eso y… ¡Ya casi llegamos! Cierra los ojos.

Sara sonrió ligeramente y obedeció. Dalia la guió con cuida-

do hasta que creyó que aquel sería el lugar adecuado y se detuvo.

—Ya puedes ver. Me tomó algún tiempo, así que espero que te guste.

Sara abrió los ojos, sorprendiéndose ante aquel increíble paisaje: lo que antes había sido una gran sección de rosas blancas fue remplazada por un gran rosal de rosas azules.

—¡Crezso va a matarte! —Sara rió con el asombro en sus ojos.

—Eso fue exactamente lo que me dijo Breta, pero yo le expliqué que esta vez el efecto sólo duraría unas horas. Además, vale la pena correr el riesgo.

Sara mantuvo una dulce sonrisa en el rostro mientras admiraba aquel lugar. A sus ojos, ese rosal era lo más cercano a un paraíso.

—No entiendo cómo puedes hacer esto.

Sara acarició con cuidado una de las rosas que estaba a su lado, y, al instante, ésta comenzó a brillar. Casi de inmediato, del resto de rosas comenzó a emanar una hermosa luz azulada. Añadiéndole los rayos de Luna Llena y algunas luciérnagas que se asomaban por allí, ese lugar parecía sacado de un cuento de hadas.

—¿Crees que de verdad seremos capaces de cumplir con la profecía? —preguntó Dalia, mientras tomaba una rosa en sus manos.

—Haré lo posible para que así sea.

Dalia sonrió y colocó aquella brillante rosa sobre la oreja de Sara.

—Yo haré lo que pueda para que tú estés bien.

—¡Ey! —Ambas chicas voltearon a ver una de las ventanas del castillo, desde donde las observaba Breta—. ¡Será mejor que vayan a dormir, es muy tarde como para que anden merodeando por ahí!

Las chicas rieron suavemente y se despidieron de Breta con efusivas señas para luego regresar al castillo, no sin antes dar un último vistazo a aquel mágico jardín.

Esa, según El Destino, sería la última vez que podrían disfrutar de algo tan único como lo eran las rosas azules.

&&&

Sara agitó suavemente a su amiga, tratando de despertarla.

—Dalia, abre los ojos de una vez.

—Pero aún es muy temprano —replicó, medio dormida.

—Tenemos que ir a desayunar, pronto partiremos y Crezso quiere hacer algo antes.

Dalia abrió los ojos de golpe y se incorporó. Dejarían Kortaffelenompostaria ese día… ¿cuándo habían decidido eso?

Un representante de cada una de las especies de seres mágicos las esperaba en el salón del trono. Entre ellos también estaban Nifta y Breta, y, en el jardín trasero, Valdor reposaba tranquilamente. Parecía disfrutar de los rayos del sol que acariciaban su oscura piel.

Después del desayuno, Breta les había dicho a las chicas que había algo en su habitación que iban a necesitar. Su sorpresa fue gigantesca cuando, al entrar, se encontraron con dos bellas armaduras. La de Sara era de color negro, lo que hacía contraste con su piel, y la de Dalia plateada, algo que le pareció irónico.

—Nuestras armaduras parecen más bonitas que las de los Caballeros Dorados y las Damas Plateadas —comentó Dalia, sin dejar de verse al espejo.

—Que se vean bonitas no es tan importante como que sean útiles —respondió Sara, terminando de colocarse una greba.

—Pero admite que son bonitas. A ti te luce, hace que te veas más poderosa de lo usual.

Sara sonrió, viéndose en el espejo.

—Supongo que sí…

—¿No amarrarás tu cabello? —preguntó Dalia, al ver a Sara encaminarse a la puerta.

—Nunca necesité hacerlo, no lo amarraré ahora.

Dalia suspiró, envió una última mirada al espejo y corrió a alcanzar a Sara.

En el gran salón estaba Crezso sentada en su trono. A su derecha había un minotauro, una ninfa del bosque y un centauro, a su izquierda un hada, un sátiro y una sirena en una especie de pecera gigante.

—Usualmente hacemos una ceremonia más elaborada para tratar este tipo de asuntos, así que lamentamos que, debido a los contratiempos, hayamos tenido que hacerlo de esta forma —se disculpó Crezso.

—¿De qué hablas? —preguntó Dalia, extrañada.

—Sólo esperen —les susurró el hada, sonriendo.

Crezso se levantó del trono y se colocó frente a las chicas, manteniendo una corta distancia.

—Pediría que se arrodillen, pero puede ir en contra de su moral arrodillarse ante una reina que no sea la de su especie, por lo que lo haremos así.

Sara y Dalia fruncieron el ceño, extrañadas.

—Con la aceptación de los seres mágicos y por el poder que mi familia me ha conferido, yo, Crezso Hidgard, reina de los seres mágicos, nombro a Dalia Snayder como Caballera de Luz, y a Sara Lantz como Caballera de Oscuridad. Desde hoy y hasta el fin de sus días, el reino de criaturas mágicas las reconocerá como fieles guerreras al servicio de El Destino.

Los representantes aplaudieron, sonriendo, mientras Dalia enviaba una mirada de emoción a Sara.

—Además —agregó Crezso—, hemos decidido hacer otras dos cosas por ustedes: en primer lugar, enviaremos a Valdor como su guía, transporte y compañero de batalla; y en segundo lugar, queremos otorgarles el honor de utilizar estas armas, tenemos seguridad de que les serán útiles.

Breta y Nifta inmediatamente entregaron a las chicas dos delgadas y alargadas cajas con adornos dorados. Dalia abrió la suya primero, sorprendiéndose al encontrar un precioso arco color hueso con elaborados detalles en bajo relieve.

Sara sonrió y abrió su caja también, emocionada, mas su respiración se cortó al ver el contenido: una reluciente espada con su hoja color blanco y un precioso mango hecho de plata, igualmente adornada con detalles en bajo relieve.Era la espada que había visto en su sueño.

—Son las últimas dos armas de hueso de dragón —explicó Crezso—. Les ayudarán a tener un flujo constante de magia, por lo que esperamos no les sea tan difícil controlarla. Lamentamos no haber podido instruirlas en este arte, pero las cosas pasaron más rápido de lo que esperábamos.

—Agradecemos todo lo que han hecho por nosotras, es más

de lo que podríamos haber esperado —Sara sonrió condescendiente—. Esperamos no decepcionarles y poder cumplir con lo que se nos ha encomendado.

Los ojos de Crezso mostraron un repentino sentimiento de dolor, aunque pronto intentó ocultar aquello y sonrió también.

—Que tengan un buen viaje —les deseó Crezso, despidiéndose.

Sara y Dalia hicieron una reverencia a modo de agradecimiento y Breta y Nifta las acompañaron al jardín.

—¿Listo para al fin dejar Kortaffelenompostaria? —preguntó Breta a Valdor, sonriendo.

—He esperado al menos dieciséis años para hacerlo —respondió el dragón, con obvia excitación, mientras estiraba sus enormes alas.

Sara notó que Valdor tenía una bonita montura en la que bien cabrían ella y Dalia, de la cual colgaban unas cuantas bolsas con víveres.

—Valdor lleva suficientes provisiones para una semana —informó Nifta—, esperamos que eso sea suficiente.

—Muchas gracias —dijo Dalia—. En serio, agradecemos todo lo que han hecho.

Nifta sonrió y abrazó con fuerza a ambas jóvenes. Breta dio unos cuantos golpecitos en la espalda de Sara y revolvió los cabellos de Dalia.

—Espero verlas aquí pronto, Crezso, Nifta y yo estaremos esperándolas.

—¿Podemos irnos ya? —preguntó Valdor, impaciente.

Dalia asintió riendo suavemente, a lo que Valdor se acomodó de manera que ambas pudieran subir.

—¿Aún le temes a las alturas? —preguntó Dalia a Sara, susurrando.

—¡Por supuesto que sí! Créeme, no quiero subir ahí.

—Lamento decirte que tienes que…

—Ya sé, ya sé. Sólo… sube tú primero.

Dalia rió, algo maliciosa, y subió con rapidez al lomo de Valdor. Sara fue lenta e insegura, pero igualmente logró llegar a la montura.

—Dalia, puedes tomar las riendas para sostenerte si quieres, procura no utilizarlas luego porque podrías hacer que me desvíe —pidió Valdor extendiendo las alas.

El corazón de Sara dio un vuelco al ver al dragón prepararse para despegar, por lo que tomó con fuerza la montura y cerró los ojos. Sintió el estómago revolverse cuando abandonaron el suelo y comenzó a temer soltarse accidentalmente y caer.

—Sostente de mí —le aconsejó Dalia, al voltear a verla—, prometo no dejarte caer.

Sara no lo pensó y abrazó a Dalia con fuerza. Quiso abrir los ojos y disfrutar de la vista, mas fue incapaz de hacerlo. Dalia, en cambio, disfrutaba de aquel viaje igual o más que Valdor. Amó el paisaje desde ahí, el viento acariciando su rostro y la idea de tener las copas de aquellos gigantescos árboles bajo sus pies. Era tan emocionante.

—¡Cómo extrañaba esto! —exclamó Valdor alegremente—. No recuerdo cuándo fue la última vez que pude volar, llevaba

tanto tiempo encerrado en esa cueva…

—Me alegra poder compartir este momento contigo —comentó Dalia, dando unas palmadas a las gruesas escamas de Valdor—. Ey Sara, abre los ojos.

—¡No!

—Ábrelos —rogó Dalia—. Te estás perdiendo de mucho.

Sara presionó sus puños con fuerza y, luego de muchos segundos pensándolo, fue abriendo lentamente sus plateados orbes. Primero sintió su estómago revolverse, aunque pronto sonrió. Era realmente hermoso. Las blancas nubes, las lejanas montañas, los coloridos árboles, los rayos del sol…

—Mira atrás —pidió Dalia—. Kortaffelenompostaria es enorme.

Sara volteó la cabeza con mucho cuidado y vio las copas de los árboles extendiéndose más allá de lo que sus ojos alcanzaron a ver. Parecían no tener fin.

—Hubiésemos tardado unos dos meses cruzándolo a caballo.

—No exageres, Sara —dijo Valdor—. Hubiesen durado mucho más.

&&&

Borrosos recuerdos

Volaron sin detenerse hasta que el Sol comenzó a caer. Sara sintió su pálida piel arder al haber estado expuesta por tanto tiempo a éste. Dalia, en cambio, parecía sentirse renovada.

Aterrizaron cerca de un tranquilo río, Sara no tardó en entrar para intentar calmar el ardor de su piel. Dalia bajó las bolsas con provisiones, aunque, al ver la cantidad de comida que había, se detuvo a analizar los muchos metros que medía Valdor.

—¿Pasa algo? —preguntó el dragón.

—No es nada… dudo que las provisiones puedan alcanzar para un solo plato tuyo.

Valdor soltó una risa ronca y escupió un poco de fuego en la leña que había estado amontonando, encendiendo una fogata.

—No te preocupes, comí algo en la mañana, no necesitaré comer de nuevo hasta dentro de un mes.

Dalia suspiró, aliviada, y preparó algo de pan con queso para ella y Sara. Una vez que tomaron asiento frente a la fogata, Dalia pudo ver claramente cómo las mejillas, nariz y hombros de Sara se habían tornado de un fuerte color rojo.

—Duele —soltó Sara, con un suspiro—. ¿Cómo es que a ti no te pasó nada?

—Tu piel es mucho más clara y sensible a la luz del sol —explicó Dalia.

Sara bufó.

—Es injusto, yo no escogí nacer con piel tan clara.

—Nadie escogió cómo nacer, así que no te quejes y sé feliz con tu cuerpo —aconsejó Valdor.

Sara se tocó las mejillas con la yema de los dedos y suspiró; le era difícil ser feliz sabiendo que era propensa a esos malestares.

—De igual forma —agregó Valdor— Dalia podría curarte.

— ¿En serio? —preguntaron ambas, al unísono.

—Acerca tu gema a ella, Dalia. Es una manera fácil de hacerlo.

Dalia tomó el collar entre sus manos, se acercó a Sara y sostuvo la gema frente a su rostro. El pequeño sol comenzó a brillar con mayor fuerza y, cuando la luz se apagó, el color rojo del rostro de Sara había desaparecido.

—¡Funcionó! —exclamó Dalia, sonriendo.

Sara inmediatamente llevó las manos a su rostro y sonrió.

—¿Cómo lo sabías?

—La época de mi vida que más recuerdo giró en torno a esas gemas.

—... ¿«La época de mi vida que más recuerdo»? —repitió Sara, confundida.

—Es una larga historia —respondió el dragón, con un suspiro.

—Supongo debe serlo, tomando en cuenta que los dragones se extinguieron antes de la Guerra Contra las Bestias —dijo Sara.

Valdor soltó una risita.

—Pero en serio, nos encantaría escuchar tu historia —confesó Dalia.

El enorme dragón clavó sus ojos en el agua un momento y, luego de unos segundos, devolvió su mirada a las chicas.

—Ustedes saben cómo Gremna llegó a convertirse en dragona, ¿cierto?

Ambas jóvenes asintieron.

—Fue algo parecido conmigo, al menos eso me explicó Breta. Ella me dijo que en mí podía detectar el aroma de un ritual donde se necesitó sangre de dragón y una pócima que almacenaba todos mis recuerdos en un lugar donde no podía alcanzarlos fácilmente. Lo único que recuerdo es haber despertado dentro de una cueva, mareado y cubierto de sangre. Apenas terminé de despertar Gremna me hizo múltiples preguntas: ¿Quién eres?, ¿de dónde vienes?, ¿cuál es tu objetivo en la vida?, ¿qué es lo que más quieres? No pude responder a ninguna, y aún ahora dudo poder hacerlo. Sabiendo que yo estaba desamparado, me ofreció comida y refugio a cambio de seguir sus órdenes, y si le era de verdadera ayuda para cumplir sus objetivos, ella me juró que me devolvería todos mis recuerdos.

Asesiné, torturé, destruí por ella, lo admito. Era como un niño al que felicitaban y premiaban si obedecía. Hasta que un día me envió a Kortaffelenompostaria. No entendía por qué me había enviado a mí en vez de ir ella por su cuenta; sin embargo accedí.

Mi objetivo en Kortaffelenompostaria era sencillo, al menos eso me hizo creer ella: entrar al castillo, tomar a la reina Crezso y llevarla a la cueva, pero cuando puse una sola garra dentro del bosque, fui atacado por una gran variedad de criatu-

ras y encerrado en una oscura y húmeda mazmorra.

Me dejaron allí durante días, atado a cadenas mágicas que amenazaban con electrocutarme si me movía. Un día conocí a Breta. Desde que entró a la mazmorra supe que era una profeta, ojos como esos sólo son portados por personas con esas habilidades, así que la dejé sentarse a mi lado para hablar. Me confesó que los seres mágicos buscarían cualquier forma de sacarme información sobre Gremna, aún si eso significaba torturarme pero ella estaba segura de que yo podía serle útil, así que me propuso un trato: si le prometía que trabajaría para la reina Crezso, ella la convencería de buscarme un mejor lugar donde pasar las noches y, además, Breta prometió que trabajaría en un hechizo para hacerme recordar.

Obviamente no pude negarme a aquello, y claro que cumplió. Realmente no me arrepiento de haber aceptado, diría que fue la mejor decisión que he tomado en mi vida, especialmente porque gracias a Breta recordé que yo había sido humano gran parte de mi vida. Debí de haber sido un leñador, puesto que me encontraba en un bosque el día que Gremna me capturó… pero no recuerdo más, Breta no pudo hacer más por mí. Estoy seguro de una cosa, y es que yo era feliz, muy, muy feliz, antes de que ese monstruo blanco apareciera.

—Yo también era feliz antes de que ella llegara —dijo Dalia—. ¿Cómo es posible que alguien pueda arrebatar la felicidad de las personas y luego seguir su vida como si nada hubiera sucedido?

—Supongo que es parte de la vida —respondió Valdor, algo desanimado—. Para que haya paz…

—Primero debe haber caos —terminó de decir Sara.

Dalia suspiró.

—Entonces, ¿eres algo parecido a Gremna? —preguntó Dalia.

—Con la única diferencia de que no puedo usar magia. Lo

más que puedo hacer, con cierta dificultad, es escupir fuego.

—Eso es algo, no todos podemos hacer eso —lo consoló Sara, sonriendo.

—¿Y existe la posibilidad de que vuelvas a ser humano? —inquirió Dalia.

—Los elfos intentaron muchas cosas, mas no encontraron la forma de romper el hechizo; sin embargo, existe la probabilidad de que, cuando Gremna muera, todo hechizo que haya puesto se rompa.

—En ese caso, con mucha más razón buscaré liquidar a esa criatura —Dalia sonó bastante decidida.

—Temo que… No sé, ¿es posible que la profecía no se cumpla?—comentó Dalia.

—Claro que es sí, pero es una posibilidad en un millón— expresó el dragón.

—Aún así, existe la posibilidad… —Sara sonó desanimada.

—Tranquila, todo va salir bien —aseguró Valdor—. Estoy consciente de que el poder que los Dioses les han otorgado es mayor que el de cualquier elfo.

—El problema es que no sabemos cómo utilizar ese poder —le hizo ver Dalia.

—Se darán cuenta de cómo usarlo, así sea en el último minuto. Además, sin siquiera saber que los poseían ya los utilizaban, ¿no?

—Bueno…, las pocas veces que los utilizamos no terminaron muy bien para nosotras —recordó Dalia.

—La magia, por supuesto, necesita energía para funcionar —explicó Valdor—. Tienen que ser cuidadosas cuando la usen. Al principio es muchísimo más difícil, puesto que su cuerpo suele necesitar mucha energía para lograr un hechizo sencillo, pero con el tiempo la inversión de energía será menor.

—Todo esto es demasiado complicado —dijo Sara, suspirando—. Son tantas historias, tantas explicaciones, tantas cosas que hay que tomar en cuenta… Debería dormir para calmarme y procesar todo esto.

Valdor y Dalia sonrieron.

—Sí, lo mejor será descansar.

Sara no esperó a que dijeran nada más, se acurrucó contra el tibio estómago de Valdor y ahí cayó dormida. Dalia rió, se acostó al lado de Sara e igualmente cerró los ojos, deseando dormirse pronto.

Valdor las observó por un largo rato. El brillo azulado de aquella gema le resultaba familiar… Le traía una especie de sentimiento de calidez, pero no tenía muy claro por qué…

Dejó aquel pensamiento de lado y extendió una de sus alas, rodeando a las chicas. Si algún espía de Gremna pasaba por ahí, ese brillo no pasaría desapercibido, y aún no era tiempo de que Dalia y Sara fueran descubiertas.

&&&

Cueva de dragones

Al abrir los ojos, Sara no pudo ver más que una pesada oscuridad. No había luna o estrellas para decir que aún era de noche, simplemente veía negro a su alrededor.

—¿Qué pasó? —preguntó Dalia, una vez que despertó.
—No tengo la más mínima idea…

En ese instante, la capa negra se quitó de encima, dejando entrar la luz de golpe lastimando sus ojos.

—Buenos días —saludó Valdor—. Disculpen si las asusté, pensé que podría ser lo mejor para cobijarlas del frío.
—No te preocupes—dijo Sara y luego se dirigió a Dalia—, ¿qué quieres para desayunar?
—Cualquier cosa que tenga queso —contestó Dalia—. ¿Cuáles son los planes para hoy?
—No hay nada en específico —respondió Valdor—. Aún tenemos cinco días para llegar a donde Gremna está y no necesitaremos ni la mitad de ese tiempo para terminar el viaje, por lo que podemos tomarlo con calma.

Luego de desayunar y hablar un rato, las chicas tomaron un largo y refrescante baño en el río. Una vez limpias y vestidas Dalia se dedicó a acomodar las provisiones mientras Sara recogía bayas de un arbusto cercano.

—Valdor…

El dragón levantó las orejas en respuesta a su llamado. Estaba acostado y medio dormido.

—Tú has vivido en un cuerpo de dragón durante años... Estaba pensando que podría ser buena idea que nos dieras algunos consejos sobre cómo atacar a una criatura como tú.

Valdor se quedó inmóvil por unos segundos hasta que finalmente abrió los ojos y se levantó.

—Es una excelente idea, Sara. Quizá sea lo más prudente, tomando en cuenta que los humanos no saben mucho sobre dragones.

Las chicas dejaron las tareas que hacían y clavaron sus ojos en él.

—Una de las mejores maneras de enfrentar a un dragón es con magia. Nuestro cuerpo, como pueden ver, está cubierto de gruesas escamas, y si hay algo más resistente que los huesos de un dragón, son sus escamas; éstas no pueden modelarse para fabricar armas, pues son muy pequeñas, se requieren décadas para que se formen sobre nuestra piel. Los humanos siempre creyeron que no había manera de atravesarlas; sin embargo, como ustedes apenas son capaces de controlar la magia, les explicaré lo mejor posible este asunto. Con el tiempo, los dragones desarrollaron estos escudos naturales sobre su cuerpo. El estómago, como verán —Valdor se levantó sobre sus patas traseras, mostrando su barriga— está cubierto por escamas pequeñas y delgadas, además tenemos una gran acumulación de grasa que resguarda nuestros órganos vitales. El lomo y la cabeza son los peores lugares a los que pueden apuntar, puesto que las escamas son las más gruesas, diseñadas para proteger la columna vertebral y el cráneo; y en nuestro pecho existe un ancho hueso que funciona como escudo para el corazón. Los dragones con el paso del tiempo evolucionaron para proteger aquellas partes

que les representaban debilidad; pero aún les queda un lugar vulnerable —. Valdor estiró su cuello tanto como pudo y lo señaló con la punta de su cola—. La yugular. Las escamas sobre nuestro cuello son delgadas y pequeñas en este punto, lo que lo hace accesible cuando luchamos cuerpo a cuerpo. El único, que yo conozca.

—¿Nos estás diciendo que el punto débil con el que podríamos tener alguna oportunidad de vencer (sin magia) está a unos quince metros de altura, cerca de unas gigantescas fauces que son capaces de escupir fuego?

—La información no es tan útil si lo ves de esa manera, Sara —le reprochó Valdor—. Y realmente siento no serte de gran ayuda, los dragones son los seres más antiguos sobre este planeta, por lo que su cuerpo está mucho mejor adaptado que el de cualquier otra criatura; somos asesinos blindados.

Dalia suspiró y desvió la mirada.

—No me animas mucho con eso —confesó.

—Es necesario ser un poco realista —le dijo Sara—. ¿Es eso todo lo que tenemos a nuestro favor?

—Lamento decirte que sí, eso, sin tomar en cuenta el poder de las gemas—sentenció el dragón.

Sara se dejó caer hacia atrás, quedando acostada sobre el césped.

—Una vez que todo esto termine, me encantaría escuchar bien la historia sobre la leyenda de las gemas. Siento que hacen falta algunos detalles.

Valdor estuvo a punto de decir algo, mas prefirió callar. Para suerte de Sara, ese fue un día nublado, justo como a ella le gustaban.

—¿A dónde vamos ahora? —preguntó Sara, viendo a Dalia revisar el mapa.

—Al Abismo de los Muertos —respondió Dalia, aunque su voz apenas se escuchó entre los rápidos aleteos de Valdor.

—¿Y luego?

Dalia siguió la ruta del mapa con la mirada.

—Y luego no hay nada, solamente un pequeño espacio desértico en el que se leen las palabras «Cueva de Dragones»— dijo mostrándole el mapa.

—Es porque esas son tierras inexploradas —informó Valdor—. Antes de la Guerra Contra las Bestias tanto seres mágicos como humanos intentaron cruzar el Abismo de los Muertos, pero ninguno de los exploradores regresó jamás, por eso se llama así. Los dragones eran los únicos que podían ir y venir tranquilamente, por ello los humanos bautizaron las tierras después del abismo como «Cueva de dragones».

—¿Y nosotras debemos cruzarlo? —preguntó Dalia.
—Así es.
—¿Estás seguro de que puedes llevarnos al otro lado? —Dalia sonaba cada vez más inquieta.
—He ido una y mil veces, por supuesto que puedo.

Dalia suspiró, insegura.
Pasaron unas cuantas horas antes de que comenzaran a atravesar un espeso banco de neblina. El aire era bastante frío, la atmósfera terrorífica y a lo lejos no se podían ver más que sombras que al final resultaban ser gigantescos picos de piedra.

—Algo anda mal —susurró Valdor.

En aquel momento Sara tuvo una sensación extraña en el

estómago, de esas que avisan que algo está a punto de suceder.

—Estoy olvidando algo —continuó diciendo el dragón, nervioso—. ¿Escondieron las gemas de la forma en que les indiqué?

—¿Eh? ¿Esconderlas?

—Sí, como les dije, para que su brillo no sobresaliera.

—Nunca nos dijiste eso —respondió Sara.

—Estoy seguro de que…

Pero sus palabras fueron interrumpidas por un horrible graznido. A lo lejos, cientos de figuras negras se acercaban a ellos a gran velocidad.

—Sujétense fuerte, no creo que este vuelo vaya a ser muy tranquilo.

Sara maldijo para sus adentros. Apenas comenzaba a acostumbrarse a estar tan lejos del suelo…

Pronto, unas horribles aves negras aparecieron frente a ellos. Eran pequeñas, similares a los cuervos, con alargados picos puntiagudos y garras afiladas. Una de ellas no hubiera representado ninguna amenaza, pero ciento cincuenta juntas era algo bastante aterrador.

—Dalia, ¿crees poder crear un escudo alrededor nuestro? —preguntó Valdor, luego de escupir fuego para alejar momentáneamente a las aves.

—No… No sabría cómo hacerlo.

—Inténtalo, sería bastante útil.

Dalia se tambaleó, estaba segura de que todo intento sería en vano; sin embargo, no tardó en acceder. Debía intentarlo.

Las aves se apresuraron a rodear a Valdor, evitando colocarse frente a sus fauces. El dragón dio algunas vueltas en el

aire, tratando de dejarlas atrás, pero ellas eran lo suficientemente rápidas como para no perderlo de vista.

Valdor se preparó para soltar una oleada de fuego, mas una bandada se acercó a su cuello desde todas direcciones lastimándolo, así que, en lugar de llamas, lo que salió de la garganta de Valdor fueron rugidos de dolor.

—¡Dalia, cúralo! —pidió Sara, viendo cómo el dragón iba descendiendo lentamente.

—¡Pero no sé cómo hacerlo!

—¡Como lo hiciste conmigo!

—¡Pero…!

Dalia cerró los ojos y apretó los puños, buscando en sus recuerdos la forma de activar sus poderes. Mientras tanto, Sara tomó el arco y algunas flechas de su amiga. Aunque algunas veces se había visto obligada a usar un arco para cazar, no era una arquera diestra. Por desgracia, las aves esquivaban cada flecha que lanzaba.

A pesar de las heridas, Valdor se las ingenió para dejar de descender y seguir volando. Cada aleteo era una horrible punzada de dolor, debía hacer el doble de esfuerzo para mantener la altura; pero debía continuar. Con su cola logró golpear a las aves que tenía cerca y aumentó tanto como pudo la velocidad, logrando algo de ventaja. Le había prometido a Breta que regresaría con las chicas vivas y la dragona muerta, y lo iba a hacer.

En ese instante, una idea cruzó por su mente.

—¡Agárrense fuerte! —ordenó el dragón, a lo que Dalia inmediatamente obedeció enrollando las riendas en sus brazos y tomando la silla con fuerza, Sara abrazó firmemente a Dalia.

Con gran esfuerzo Valdor ascendió a una velocidad increíble, mientras las aves lo seguían echas un puño. De pronto se detuvo y miró hacia abajo, apuntando su hocico hacia el abis-

mo, estabilizó sus alas y lanzó una poderosa lengua de fuego que incendió todo lo que encontró a su paso.

Muchas de las aves se deplomaron quemadas, pero la mitad pudo escapar de las llamas. Valdor cerró sus alas y se dejó caer en línea recta, luego las abrió justo antes de chocar contra los picos de piedra que les rodeaban y, aunque le fue difícil detener la caída, logró sobreponerse y continuar la huida tan rápido como el dolor se lo permitió.

Sara se alivió al mirar atrás y notar que las aves se veían cada vez más y más lejos. Sintió como si un enorme peso se le quitara de encima, pero entonces una de las aves soltó un horrible graznido que la hizo estremecer. No estaba muy segura de qué significaba; sin embargo, sabía que no podía ser bueno.

—Nada puede contra el poder de un dragón —gritó Valdor, con una sonrisa forzada—. Y eso que ni siquiera soy completamente un dragón.

—Se escucha agotado —comentó Sara a Dalia—. ¿Estás seguro de que puedes seguir volando a esta velocidad? —gritó inclinándose al frente para acercarse a las orejas del dragón.

—Entre más pronto lleguemos, más rápido podré descansar. Además, no puedo tardar mucho. Las heridas me complican un poco el vuelo, si no me apresuro caeremos en picada antes de que lleguemos.

—No te preocupes —Dalia abrió los ojos y sonriendo, soltó las riendas y colocó sus manos sobre las escamas del cuello de Valdor—, yo me encargo de eso.

La gema de Dalia brilló con fuerza, y unos delgados rayos de luz amarillentos comenzaron a viajar desde sus manos a través del cuerpo del dragón, llegando hasta su cuello y curando cada una de sus heridas. Incluso Sara, que tan sólo había recibido el brillo de la joya acariciar su piel, comenzó a sentirse mejor.

—¡Eres única! —exclamó Valdor, dando algunas vueltas en

el aire.

—¿Podrías dejar de hacer eso? —rogó Sara—. Hace que sienta un vacío horrible en el estómago.

Valdor rió al escuchar el tono desesperado de Sara y aumentó nuevamente la velocidad. La neblina empezó a dispersarse y a lo lejos pudieron divisar una enorme cueva a mitad de lo que parecía ser una pared de piedra gigante.

Estaban a pocos metros de distancia, cuando una gran figura negra saltó del fondo del abismo, interponiéndose en su camino. Era una réplica exacta de las aves contra las que habían luchado anteriormente, con la única diferencia de que esta era unos pocos centímetros más pequeña que Valdor.

Valdor se vio obligado a inclinarse y extender sus alas para poder detenerse antes de chocar con la criatura. Como fue un movimiento tan rápido e inesperado Dalia resbaló de la silla, llevándose consigo a Sara.

Ambas vieron La Muerte por un largo segundo. Por suerte, Sara actuó rápido y buscó agarrarse de Valdor al tiempo que tomaba la mano de Dalia. Lastimosamente, el agarre no fue lo suficientemente fuerte y se resbalaron de nuevo. Sara arrastró su mano a través de la espalda del dragón sin lograr sostenerse, pero éste se percató a tiempo y las rodeó con su cola.

El ave soltó un horrible graznido que por poco hizo que los oídos de las chicas sangraran. Valdor entonces soltó una llamarada y el ave cerró el pico a tiempo para esquivar el ataque.

Valdor envió otra lengua de fuego y aprovechó que el ave se apartó para lanzar a las chicas dentro de la cueva, a unos metros de la entrada. El suelo estaba pulido y seco, por lo que no corrieron el riesgo de clavarse alguna piedra o rasparse, mas eso no evitó que sus muñecas y rodillas fuesen lastimadas al intentar amortiguar la caída. El ave no tardó en dirigirse hacia las chicas, pero Valdor se interpuso en su camino, con las alas en alto y logró retenerla.

—¡Corran! ¡Vayan ustedes! Yo las alcanzaré pronto.

Ellas asintieron sin pensarlo y olvidando el dolor, corrieron al interior. Estaba oscuro, pero el brillo de las gemas iluminó su camino. Igual que la cueva de los profetas, las paredes no tenían ninguna irregularidad, con la excepción de varios símbolos grabados a bajo relieve, similares a los de los artefactos de los elfos.

Segundos después de haber entrado, Sara no pudo más y se detuvo. Dalia volteó a verla y sorprendida, vio sangre caer de la mano de su compañera. Eran gruesos hilos de líquido carmesí que bajaban desde la palma de su mano.

Inmediatamente Dalia se acercó a su amiga y le revisó la mano, estaba completamente desgarrada. Incluso había algunos trozos de piel y carne colgando de sus dedos.

—Yo te curo, yo te curo —repitió una y otra vez Dalia, en el momento en el que la gema brilló con mayor fuerza.

—Dalia, ¿qué pasó con tus flechas?

Dalia se apresuró a curar a Sara para luego revisar su aljaba.

—Debieron haber caído.

—Apenas te quedan tres…

Dalia suspiró y volvió a colocarse la aljaba.

—Intentaré utilizarlas bien, de igual forma eres tú la experta en ataques. Vámonos ya.

Sara asintió y se pusieron en marcha. Pronto, comenzaron a sentir un leve olor a sangre que se iba haciendo cada vez más y más fuerte. Cada paso dentro de la cueva provocaba un fuerte eco, pero era más fuerte el sonido de sus corazones agitados.

No tardaron mucho en ver una fogata a lo lejos que daba

luz al camino, segundos después se encontraron en el final de la cueva, donde no había nada más que extraños garabatos en la pared y más al fondo, una sección totalmente oscura.

—¿Será esta la cueva correcta? —preguntó Dalia, examinando los alrededores con la mirada.

—Dudo que pueda haber otra por aquí.

Aún con los corazones queriendo salirse de sus pechos comenzaron a explorar esa parte de la enorme cueva, y como estaban de espaldas de la sección oscura, no vieron un par de luces rojas encenderse detrás de ellas.

—Al fin ha llegado el día…

Al escuchar esto, ambas chicas dirigieron su mirada a la oscuridad, Sara desenvainando su espada y Dalia preparando su arco. En ese instante, una dragona blanca salió lentamente de la negrura.

A ambas chicas se les cortó la respiración. La habían visto una vez, en Humatsu, pero ahora que la tenían de frente parecía aún más terrible de lo que la recordaban. Era más grande que Valdor, se veía más salvaje, más despiadada, las blancas garras eran aún más afiladas que espadas y los amarillentos colmillos se asomaban peligrosos entre sus fauces. ¿De verdad les tocaba a ellas vencerla?

—¿En serio son ustedes las enviadas por los Dioses? ¡Pero si son unas niñas! —exclamó Gremna—. Y a lo que esuché, no han tenido tiempo para aprender a usar la magia, ¿cierto?

Ninguna respondió. Gremna entonces rió y empezó a dar lentas vueltas alrededor de las chicas, Dalia no dejó de apuntar a uno de los ojos de la dragona y Sara se mantuvo en guardia.

—Fue una gran idea invocar a mis hermosas aves, ¿no? —continuó diciendo la dragona, con voz tranquila pero sarcástica al mismo tiempo—. Logré quitarme a Valdor de encima. ¡Ese traidor! Todos juntos, de seguro hubieran logrado derrotarme, pero como no está aquí, hagamos esto rápido.

En ese instante, Gremna abrió sus fauces y una ola de fuego se dirigió a las chicas. Dalia intentó crear un escudo, pero Sara fue más rápida y logró tomar a su amiga por el brazo para luego correr alejándose de las llamas.

La dragona cerró su boca y dirigió su mirada hacia las chicas, momento que Dalia aprovechó para disparar. Fue una lástima que, por tan sólo unos centímetros, la flecha no penetrara en el ojo.

Gremna se apresuró a enviar otra llamarada, Dalia se quedó paralizada, viendo el fuego acercándose a ella. La dragona mantuvo el ataque todo el tiempo que le fue posible, no quería que quedaran ni cenizas de ella; sin embargo, cuando se vio obligada a detenerse, Dalia aún estaba ahí, en pie, con un escudo amarillento rodeándola.

—¿Cómo…? Ey, ¿dónde está la otra?

Su pregunta fue respondida al darse cuenta de que alguien saltaba sobre su espalda. Sara estaba ya en el aire, dispuesta a clavar su espada en el cuello de la dragona con la mayor fuerza posible, mas la alargada cola del monstruo la golpeó, haciéndola chocar contra una de las paredes.

—No importa qué tan rápida seas, no te servirá de nada conmigo —le dijo Gremna a Sara, atrapando a la chica entre la pared y su enorme garra.

Gremna tenía la idea de apretar a Sara tan fuerte que de su boca y oídos saliera sangre, pero una flecha que rozó su cuello

la distrajo.

La dragona dejó lo que hacía y envió una mirada asesina a Dalia para luego soltar un rugido tan potente que hizo que la cueva temblara.

Dalia presionó sus orejas con fuerza, no obstante eso no evitó que quedara aturdida durante varios segundos. Gremna aprovechó su estado y devolvió la vista a Sara con la intención de acabar con ella de una vez, sólo para darse cuenta de que ella había desaparecido.

—¿Buscabas algo? —preguntó Sara desafiante.

Sara estaba junto a Dalia, al lado de la fogata. Pero ¿cómo? Si ni siquiera la había sentido moverse.

«Quizá saben usar la magia más de lo que creen», pensó Gremna, algo preocupada.

Unos segundos después la dragona se dio cuenta de que la fogata producía grandes y alargadas sombras que cubrían el lugar casi por completo. Tendría… ¿Tendría eso algo que ver?

La verdad es que ni Sara sabía cómo hacía para pasar de un lugar a otro tan rápido, y mientras Gremna buscaba una respuesta entre las sombras, las chicas aprovecharon para curarse con la gema de Dalia.

Gremna se encaminó rápidamente hacia las chicas. Dalia apuntó a uno de sus ojos, pero recordó que era la última flecha que le quedaba así que decidió esperar a estar segura de su tiro y se alejó corriendo.

No era Dalia el objetivo de Gremna. Una joven arquera, cuyo único poder era curar, y a quien le quedaba una única flecha no era problema para ella. Su verdadera preocupación era Sara.

A diferencia de Dalia, Sara no buscó la forma de alejarse de Gremna. Al contrario, corrió en dirección a ella. No tenía miedo, alejar aquel sentimiento era la única opción para proteger a Dalia.

Gremna envió un zarpazo a Sara que ella esquivó hábilmente. Sin embargo, no se percató de que las fauces de Gremna se abrían para enviar una lengua de fuego.

Dalia quiso detener a la dragona enviando una flecha directamente a su ojo, pero las manos le temblaban tan bruscamente que no podía ni siquiera apuntar. Gremna siguió enviando llamaradas, mas se detuvo cuando sintió algo clavarse cerca de su cuello. No podía ver a su atacante, pero estaba segura de que se trataba de Sara.

La joven extrajo la punta de su espada del cuerpo de la dragona y la clavó un poco más arriba, entre las escamas, donde éstas se hacían cada vez más delgadas. Su intención no era dañar al monstruo sino sostenerse. Sabía que cualquier movimiento en falso podría hacerla caer.

—¿Qué intentas hacer, joven Oscuridad?

Como no podía llevar sus garras ahí y el dolor era inmenso, Gremna se movió tratando de quitarse a Sara de encima. Faltó poco para que la chica cayera; pero, justo cuando se comenzaba a resbalar, una flecha se clavó en uno de los ojos rubí de Gremna, sacándole un rugido de dolor .

La dragona dirigió su mirada a Dalia, y su ojo sano adquirió un extraño brillo. Desde una de las escrituras de la pared comenzó a emanar una luz negra. En ese momento Gremna abrió su boca, de la cual comenzó a salir un espeso humo verde que rodeó a Dalia, nublándole la vista.

Sara escuchó a Dalia toser con fuerza, así que, sin pensarlo, sacó su espada del gigantesco cuerpo blanco y saltó hacia la nube de humo que la invadía. Para su desgracia, cuando aún estaba en el aire, un zarpazo de Gremna la alcanzó, haciendo que volara hasta pegar nuevamente con una de las paredes.

A diferencia de la vez anterior, la dragona no atrapó a Sara con su garra, sino que la dejó caer cuatro largos metros, haciendo que la cabeza de la chica impactara contra el suelo.

—Esta vez Luz no está disponible para salvarte —dijo Gremna, acercándose peligrosamente a Sara—. Dejemos que a ella la consuma el humo venenoso, yo personalmente me encargaré de ti.

Sara intentó moverse, levantarse, pero no pudo. Todo a su alrededor se volvía borroso, su cuerpo estaba demasiado adolorido como para responder. Observó a Gremna frente a ella, con lo que supuso era una sonrisa victoriosa, y luego la vio abrir sus fauces. Sara llevó una última mirada a la nube de humo verde y luego cerró los ojos con fuerza. No quería ver las llamas que la consumirían, pero Gremna cerró su boca casi de inmediato, con una expresión de total asombro en el rostro. Un escudo amarillento había rodeado a Sara, mientras unos delgados rayos viajaban a través del suelo para curar sus heridas.

Gremna miró a Dalia y tarde se dio cuenta de que el humo venenoso comenzaba a dispersarse velozmente.

—¿Por qué no hacemos esto un poco más interesante? —preguntó Dalia, con una leve sonrisa.

El humo ya había desaparecido, la gema de sol brillaba con mayor fuerza y los delgados rayos rodeaban sus manos.

Dalia sonrió y apuntó su arco hacia Gremna. Hizo como si tuviese una flecha en su mano y los rayos que la rodeaban se transformaron en una flecha de luz que no tardó en lanzar a la dragona.

Gremna intentó evadirla, mas no lo logró. Apenas hubo un pequeño roce con su piel la flecha creó una fuerte explosión, sin embargo no la dañó gravemente.

Dalia continuó lanzando aquellas flechas de luz, haciendo a la criatura rugir de dolor una y otra vez. Fue hasta después de haber lanzado varias de aquellas armas brillantes que Dalia comenzó a ver heridas en el cuerpo de Gremna.

—¿A qué juegas, niña? —preguntó furiosa, cuando Dalia se detuvo para recuperar algo de energía—. ¿Crees que puedes usar la magia sin dar nada a cambio de ésta? ¿Pensaste que lanzándome esas inútiles flechitas tuyas lograrías vencerme? Aún siendo enviadas por los Dioses, necesitarás mucho más que eso para vencerme pequeña Luz. Ya veo que ni tú ni Oscuridad lograrán derrotarme.

En ese instante, otra de las escrituras de la pared comenzó a brillar. Dalia no supo qué significaba hasta que lanzó su sexta flecha, que explotó metros antes de que llegara a Gremna. Era un escudo.

Dalia quiso intentar con otra cosa, pero además de la curación y el reciente descubrimiento de las flechas, no sabía hacer nada más con la magia. Durante los siguientes segundos Dalia depositó toda su esperanza en Sara, quien, aunque aún estaba débil, era lo suficientemente fuerte como para levantarse y continuar luchando, pero se alarmó bastante al ver a Gremna acercarse a ella. Comenzó a lanzar cuantas flechas de luz pudo, pero ninguna de ellas llegó a tocar a la bestia.

—Mi escudo está diseñado para que nada pase por él. Una gran jugada de último minuto, ¿no crees? Y tú aquí, con miedo, luchando sola, ya sin energía para utilizar la magia. ¿De verdad crees que Oscuridad se recuperará a tiempo para salvarte? Sólo mírala, no puede ni moverse. Lo siento, joven Luz, pero esta vez ella no está aquí para ti.

Gremna se acercó aún más e inmediatamente Dalia creó un escudo; sin embargo, la curación de Sara hizo que gran parte de la poca energía que le quedaba se desvaneciera, haciendo que todo a su alrededor empezara a volverse confuso y lo que su magia había creado se esfumara.

La dragona soltó una carcajada y levantó una zarpa para

acabar con Dalia de una vez por todas, mas se detuvo al notar su propia sombra moverse en desacuerdo con su cuerpo.

—Lo siento, Gremna —la dragona inmediatamente llevó una mirada de asombro a Sara, quien, con mucha dificultad, comenzaba a levantarse—, deberías saber que yo siempre estaré aquí para Dalia.

Aunque el cuerpo le dolía horriblemente y cada movimiento era una fuerte punzada en su cabeza, Sara logró tomar su espada y levantarla. La gema azulada brilló con mayor fuerza y la sombra de Gremna se alzó a su lado como una enorme figura negra. Una gran anaconda.

—Nada puede entrar a través de tu escudo, pero deberías tener cuidado con lo que ya hay dentro de éste —dijo Sara con sarcasmo.

La extraña sombra que Sara de alguna forma había invocado comenzó a rodear a la desconcertada Gremna. La dragona escupió fuego, golpeó con su cola, aruñó con sus zarpas, pero nada evitó que la gran serpiente la rodeara y, como una anaconda normal lo haría, aquel ser poco a poco fue asfixiando a su presa. Gremna rugió, escupiendo sangre, y algunas de las escrituras de la pared intentaron tomar un brillo macabro, mas se apagaron justo cuando los quejidos y los movimientos de la dragona lo hicieron.

Y esto no sería todo. Cuando los labios de Sara se curvaron, la serpiente comenzó a engullir el inerte cuerpo de la dragona. Una vez terminada su cena, la invocación poco a poco fue perdiendo su forma y se desvaneció entre las demás sombras, no dejando nada más que un pequeño charco de sangre.

Sara dejó caer sus brazos y caminó torpemente hacia Dalia. Pensó que su amiga de seguro estaba asustada, horrorizada, por lo que pensó hacer algo que de seguro la calmaría: tararear

aquella canción de cuna que su padre siempre solía cantarle. Dalia llevaba rato desmayada, su energía estaba en niveles sumamente bajos, aún así, Sara estaba segura de que ella podía escuchar su canción.

Dio uno, dos… siete pasos, quería llegar a Dalia, quería tomarla en sus brazos y decirle que todo había terminado; sin embargo, al dar el paso número ocho, Sara también cayó desmayada.

Segundos después Valdor logró entrar en la cueva. Desde donde estaba vio la fogata y a Dalia en el suelo, por lo que se apresuró a llegar a ellas; también había visto una extraña sombra larga levantarse y acercarse a la chica, pero supuso que había sido una ilusión suya producida por el cansancio ya que al llegar no la vio más.

El dragón se aseguró de que ellas aún respiraran, registró rápidamente la cueva en busca de algo útil y tomó a las chicas entre sus zarpas para volar en dirección a Kortaffelenompostaria.

Viajó a gran velocidad sin descansar ni un segundo, temía llegar tarde y que ellas no lograran salvarse.

Valdor no supo cómo, pero llegó a Kortaffelenompostaria en doce horas.

Inmediatamente Breta, Crezso y Nifta salieron a socorrerles. Valdor estaba lleno de heridas en el cuello y los ojos. Se llevaron a Dalia y a Sara a una habitación para que Nifta las examinara.

—Sus cuerpos están agotados por soportar la magia mucho más de lo que acostumbran —anunció Nifta, luego de atender a las jóvenes—, necesitan descansar, se recuperarán pronto. A Sara aún le quedan golpes en la cabeza, pero estoy segura de que, apenas Dalia tenga suficiente energía, se encargará de curarla.

Valdor, Breta y Crezso soltaron un suspiro, aliviados. Al

parecer, todo había salido bien.

&&&

Sara despertó nueve horas después de haber llegado a Kortaffelenompostaria, sin dolor, completamente reconfortada.

Abrió los ojos con cierta dificultad, dándose cuenta de que todo a su alrededor estaba oscuro.

Una ola de recuerdos la invadió de golpe. Sangre, fuego, muerte, sombras… Todo esto se combinaba en su cabeza, le parecía estar teniendo la peor de las pesadillas. Su pueblo destruido, los cadáveres de los pueblerinos de Humatsu, su padre siendo torturado, una cueva que apestaba a muerte, una gran dragona blanca a punto de convertirla en cenizas, el pecho de Dalia atravesado por su espada… Un escalofrío se paseó por su columna vertebral y un repentino frío se inyectó en su cuerpo. No sabía qué había sido real o producto de su imaginación, no sabía si estaba soñando o si estaba despierta. Intentó colocarse en posición fetal mientras sentía lágrimas asomarse por sus ojos, pero se detuvo de golpe al notar unos delgados rayos color ámbar rodear su cuerpo.

De repente, la calma regresó a ella. Parpadeó un par de veces y se incorporó. Un candelabro en el techo iluminó todo a su alrededor.

Estaba en el castillo de Kortaffelenompostaria, resguardada en alguna de las habitaciones, descansando sobre una gran cama con sábanas azules. Y Gremna estaba muerta.

Buscó el origen de los rayos que la rodeaban y se encontró con Dalia, quien dormía plácidamente en una cama al lado de la suya con un delgado hilo de baba cayendo de su boca. Sara soltó una suave risa y se levantó para depositar un beso en su frente, lo que hizo que una sonrisa iluminara el rostro de su amiga y los rayos que la rodeaban desaparecieran. En ese instante, el estómago de Sara soltó un fuerte rugido. La chica volteó a ver a la ventana y se desanimó al darse cuenta de que

ya era bastante tarde, probablemente los cocineros no estarían trabajando a esa hora.

Se encogió de hombros y salió de la habitación, igualmente iría a ver qué podía robar de la cocina. Como quería respirar algo de aire fresco tomó el camino de los pasillos exteriores, viendo en el jardín a Crezso y a Valdor de espaldas.

—… por lo que no sabemos cuándo nacerán —escuchó a Crezso decir—. Tengo mucho que agradecerte, Valdor, por todo.

—Más bien toma esto como mi agradecimiento, has sido muy buena conmigo estos años que he estado aquí. Me hubiera gustado que… No sé, que pudiese recordar algo más o… —Valdor bajó la cabeza, desanimado.

—Lamento que el hechizo no se haya roto, te prometo que encontraré la manera. Pero…, pues, ¿estás seguro de que ella murió?

—No vi su cuerpo, vi su sangre, pero en el aire aún quedaban señas de que Sara había utilizado la magia, estoy seguro de que ella acabó con Gremna; si no, dudo que las chicas hubiesen seguido con vida.

—Confiaré en lo que dices entonces, aunque me parece algo extraño que el hechizo no se haya roto—Crezso suspiró y levantó la vista a la Luna—. ¿Será que Ellos han cambiado de opinión respecto a sus destinos?

—Esperemos que así sea…

Sara decidió no continuar escuchando aquella conversación y siguió su camino al comedor, el hambre le estaba ganando. De igual forma, no entendía de lo que hablaban.

Durante las siguientes semanas hubo una atmósfera de total alegría en Kortaffelenompostaria. Hubo celebraciones y banquetes en honor a Dalia y a Sara, o, como las llamaban los seres mágicos, Luz y Oscuridad.

Pero los tiempos de caos no habían terminado, no todavía.

El verdadero caos comenzó una mañana en la que Sara se levantó y Dalia había desaparecido.

&&&

FIN

Editorial Eva se desvive por su comunidad lectora, por lo que estaremos a la espera de tus comentarios, sugerencias, entre otros.

email: editorialevapap@gmail.com

Editorial Eva
Las hermanas Argueta
(L.H.A.)
Heredia,
Costa Rica.

www.ingramcontent.com/pod-product-compliance
Lightning Source LLC
Chambersburg PA
CBHW031500160726
47994CB00005B/2125